COMMENT FAIRE DISPARAÎTRE SON COLLÈGE DANS UN TROU NOIR

Pour mes parents, Louise et Dominique Paul Noth

Illustration de couverture : Laurent Kling

Ouvrage publié originellement en 2019
par Bloomsbury Children's Books, sous le titre
How to Properly Dispose of Planet Earth

18, rue Barbès, 92128 Montrouge Cedex
Dépôt légal : septembre 2021
ISBN : 979-1-0363-1175-8

Loi n° 49-956 du 16 juillet 1949 sur les publications destinées à la jeunesse.

Cet ouvrage a été mis en pages
par DV Arts Graphiques à La Rochelle
Impression réalisée par la GRAFICA VENETA
en août 2021
pour le compte des Éditions Bayard

Imprimé en Italie

PAUL NOTH

COMMENT FAIRE DISPARAÎTRE SON COLLÈGE DANS UN TROU NOIR

Traduit de l'anglais
par Samir Senoussi

bayard jeunesse

PREMIÈRE PARTIE

«RENDS-TOI, HAPPY»

1

Possible, pas possible

Moi, Happy Conklin Jr, bientôt onze ans, ai beaucoup appris l'année dernière sur ce qui est possible et ce qui ne l'est pas...

Et pourquoi ce n'est pas possible de demander à Nev Everly d'être mon binôme en cours de sciences ? Parce que ma bouche refuse de lui parler et qu'en sa présence mon cerveau se transforme en ratatouille.

Je n'ai pas immédiatement remarqué qu'elle me faisait cet effet-là. J'ai d'abord vu une fille souriante avec de longs cheveux qui attendait devant la classe. Elle était habillée comme si elle sortait tout droit d'un vieux film hollywoodien.

– Les enfants, nous a dit Mlle York. Nous avons une nouvelle élève. Aimerais-tu te présenter à la classe, Nevada ?

– Pas vraiment, a répondu Nev.

J'ai ri.

Plus tard, elle a dit d'autres trucs qui m'ont fait rire.

Je me suis dit : « Elle est drôle. Toi aussi. Tu devrais lui proposer d'être ton binôme en sciences. »

Je me suis dirigé vers elle pour me présenter.

Et je ne me suis pas arrêté.

À la place, je suis allé tailler un crayon au fond de la classe.

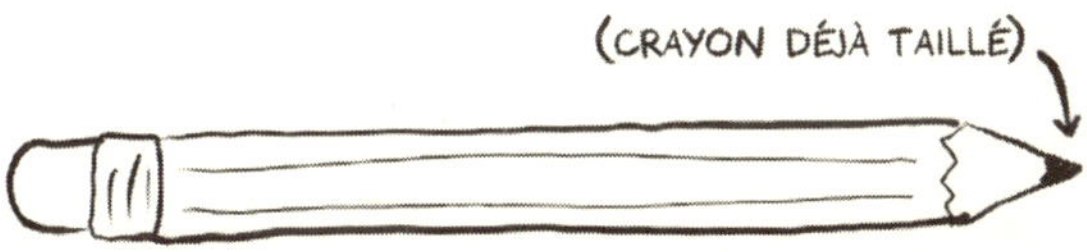

Ce jour là, à midi, je faisais la queue pour la cantine à côté de Felix, un garçon super bavard qui s'était mis en tête de m'appeler par mon nom de famille, Conklin. Il n'arrêtait pas de dire :

– En fait, Conklin... Et patati, et patata.

Et voilà que Nev Everly est venue se placer juste derrière moi.

– Salut, la nouvelle ! lui a dit Felix. Moi, c'est Felix.

– Salut. Moi, c'est Nev.

– Tu veux que je te fasse visiter la cafétéria ?

– Les cafétérias, je connais, tu sais.

Moi, je faisais semblant de ne pas connaître Felix.

– C'est mon pote Conklin, a repris Felix, en passant le bras autour de mon cou.

– Salut, m'a dit Nev.

C'est là que mon cerveau s'est transformé en ratatouille.

Je n'ai rien dit. Je me suis contenté de la regarder.

– Conklin et moi, on a tous les deux un lézard, a ajouté Felix.

– Euh..., a répondu Nev.

– C'est vrai, a poursuivi Felix en me regardant. Ça me fait penser qu'on devrait se mettre ensemble en sciences, Conklin. On pourrait faire un projet lézard ! Ça serait génial, non ?

Alors que Felix s'excitait en imaginant toutes les expériences qu'on pourrait faire en binôme, j'essayais de réprimer mon désir profond de l'assommer avec mon plateau repas.

2

En fait...

Felix a commencé à me coller dès le premier jour de notre rentrée en 6e. Je crois qu'il avait envie d'être mon ami, même s'il corrigeait chaque mot qui sortait de ma bouche :

– En fait, Conklin, c'est « orang-OUTAN », pas « orang-OUTANG ».

Et rebelote, un peu plus tard :

– En fait, Conklin, tu confonds les bonobos avec les chimpanzés.

En fait, Conklin... En fait, Conklin... En fait, Conklin... En fait, Conklin...

Ça ne me dérange pas qu'on me corrige quand je me trompe, mais avec Felix, c'est au moins cinquante « En fait, Conklin » par jour.

Et, au bout d'une vingtaine, on commence déjà à se sentir stupide.

Felix parle aussi beaucoup de son sujet de prédilection : les troubles digestifs de son lézard, Thor le Fort.

Après quelques mois à ce régime, j'ai fait l'erreur de lui dire que j'avais moi aussi un lézard domestique, Squeep !.

– *Sérieux, Conklin ?!* On a tous les deux un lézard ? Naaaaan ?

Pourquoi ai-je eu le malheur de parler de mon lézard domestique ?

Pour commencer, Squeep ! était tout sauf domestique. Il n'appartenait à personne, et il n'avait plus grand-chose d'un lézard depuis qu'Alice l'avait volé et caché dans l'Ordonnateur, un espace de rangement infini activé par un trou noir.

Squeep ! était sorti aussi profondément que bizarrement transformé de ce voyage dans l'espace-temps extradimensionnel.

Même s'il ressemblait toujours à un lézard, il se comportait davantage comme un ambassadeur venu d'une autre dimension : en matière de lois de la physique, il avait l'immunité diplomatique ! Il s'échappait de tous les endroits où j'essayais de l'enfermer et réapparaissait là où je l'attendais le moins, parfois seulement quelques secondes plus tard.

Il s'était enfui du terrarium de mon ancienne école, ce que je pouvais comprendre. Qui voudrait rester assis sur un rocher à gober des insectes toute la journée après avoir traversé un trou noir et écumé la galaxie de long en large ? Qui plus est, un nouveau lézard, Pete, avait pris sa place en tant que mascotte de la classe. Squeep ! avait donc décidé de se réinstaller chez moi. Et, presque tous les matins, je le retrouvais allongé sur mon front ou mon torse.

Bref, ce n'était pas mon « animal domestique », mais plutôt mon « coloc qui dort sur ma tête ».

Mais ça m'allait.

Un lézard « normal », il faut le nourrir, s'en occuper, nettoyer ses crottes. Sans compter que ces bébêtes – à en croire Felix – sont sujettes à la constipation. Thor le Fort ne pouvait faire caca que dans

un bain chaud. Et Felix me disait que, chez lui, on se battait pour ne pas lui faire faire « sa petite crotte ».

Dieu merci, Squeep ! se nourrissait tout seul, et allait aux toilettes comme un grand (même s'il ne fermait pas toujours la porte).

Par contre, je n'appréciais pas trop sa tendance à disparaître toutes les deux minutes et réapparaître n'importe où. J'appelais ça ses lizardinis, du nom du célèbre prestidigitateur, Harry Lizardini.

J'étais furieux chaque fois qu'il me faisait une lizardini ; comme le jour où je l'ai retrouvé dans mon casier. Il était là, à me regarder, assis sur l'étagère du haut, refusant de sortir.

Quand j'ai vu que les cajoleries ne mèneraient à rien, j'ai essayé de fermer le casier pour lui prouver que je ne rigolais pas. Mais quand je l'ai rouvert, plus de Squeep !. À sa place, un coquillage gris. J'ai passé la journée à me triturer

les méninges pour savoir comment et pourquoi il avait fait ça.

Et Squeep ! a continué à me laisser de petits « cadeaux d'adieu » chaque fois qu'il disparaissait : un coquillage, une chips, une capsule.

J'avais l'impression qu'il essayait de me dire quelque chose avec tous ces bidules.

Mais quoi ?

J'ai même dessiné un « Décodeur de Bidules » au dos de mon cahier de maths pour essayer de comprendre.

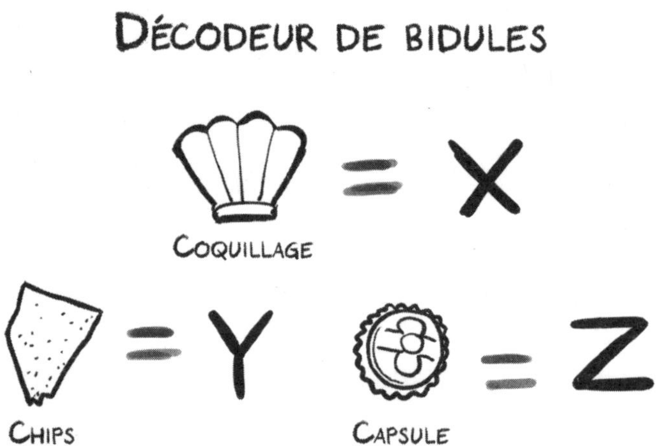

3

« C'est le frère d'Alice »

Avant ma rencontre avec Nev, j'avais pas mal pris confiance en moi, suite à mon histoire avec les extraterrestres.

Après une épreuve aussi traumatisante, être persécuté par des CM2, ça ne me faisait plus ni chaud ni froid. Il ne suffisait plus de m'appeler « Barbu Boy » pour me faire de la peine.

Et, comme j'avais arrêté de pleurer, plus personne n'avait envie de faire la petite danse du « On-va-faire-pleurer-Barbu-Boy ».

Je commençais même à bien m'entendre avec mes camarades de classe – à part Willow Johansen, qui ne m'a jamais pardonné d'avoir gâché la danse qu'elle avait inventée.

Quoi qu'il en soit, j'avais des raisons de croire que le Collège de Wonder Street m'offrirait un nouveau départ.

Mais voilà : le premier jour, des cinquièmes ont commencé à me chercher.

– Hé, minus ! m'a crié l'un des deux en marchant vers moi dans le couloir.

Son copain l'a attrapé par l'épaule et lui a murmuré, l'air terrifié :

– C'est le frère d'Alice.

Celui qui m'avait appelé « minus » s'est figé sur place, pâle comme la mort.

– 'scuse, a-t-il bredouillé.

Ils ont tous les deux fait marche arrière, comme s'ils

se trouvaient en face d'un pitbull avec la bave aux lèvres.

Dès que je mettais un pied quelque part, j'entendais le même murmure passer : « C'est le frère d'Alice. »

Cet après-midi-là, je suis allé demander le chemin du gymnase à un grand vraiment très, très grand. Sans doute un troisième, vu que mon collège ne faisait pas lycée, mais qui avait l'air d'avoir dix-neuf ans. Avec un maillot de foot américain, floqué du numéro 7.

– Excuse-moi...

À l'instant où il a baissé la tête pour voir quel microbe osait lui adresser la parole, ses yeux sont sortis de leurs orbites.

Il m'a lancé son porte-feuille en criant : « Prends-le, j'veux pas d'ennuis ! » et s'est enfui en courant.

Je l'ai poursuivi pour le lui rendre, mais ça lui a fait encore plus peur. Il s'est retourné avec un regard horrifié, et a détalé tel un rhinocéros au galop.

Comme je ne savais pas trop quoi faire, je suis allé déposer le portefeuille au bureau du secrétariat en prétendant que je l'avais trouvé par terre. Mme Kellogg, la principale, et ses secrétaires chuchotaient en me lançant des regards en coin. Le murmure habituel : « C'est le frère d'Alice... C'est le frère d'Alice... »

Même les adultes avaient peur d'une fille de 4e ?! En rentrant de l'école, j'ai interrogé ma petite sœur Kayla (elle sait tout) :

– Je ne comprends pas : Alice n'a plus d'Ordonnateur depuis des mois, mais tout le monde fait comme si elle était toujours toute-puissante.

– Question de réputation.

– Mais pourquoi les adultes aussi ont-ils peur d'elle ?

– Parce qu'elle fait du chantage.

– Du chantage ? ai-je répété, étonné. Mais à qui ?

– À tout le monde ! Ça fait des siècles qu'elle vole, et sans jamais avoir le moindre problème.

Pourquoi, à ton avis ? Parce qu'elle pique aussi des informations. Elle garde les petits secrets des gens dans un coin de sa tête, et s'en sert contre eux si nécessaire. Elle sait des trucs sur Mme Kellogg qui te feraient dresser les cheveux sur la tête.

J'avais du mal à y croire. Jusqu'à ce que je le voie de mes propres yeux.

Alice entrait et sortait de l'école quand ça lui chantait, au nez et à la barbe des agents de sécurité. Un jour, je l'ai vue quitter la salle des profs après s'être servie dans leur distributeur automatique !

C'est là que je me suis rendu compte qu'en tant que « frère d'Alice » je pouvais moi aussi faire ce que je voulais. J'essayais de ne pas trop en profiter, mais, parfois, c'était trop tentant. Si je voyais un grand embêter un sixième, par exemple, c'était facile pour moi de jouer les héros. Il suffisait que je m'approche l'air de rien en disant : « Y a un problème ? »

À tous les coups, le grand bredouillait des excuses et s'en allait la queue entre les jambes – au profond étonnement des sixièmes. La plupart d'entre eux me connaissaient depuis la crèche. Et Happy Conklin Jr n'avait jamais fait peur à personne.

Que s'était-il passé pendant l'été ?

Quelqu'un a même lancé une rumeur comme quoi j'étais devenu un maître du karaté.

Bon, j'avoue, c'est moi qui l'ai lancée. Je n'en suis pas fier.

Cela dit, je n'ai pas profité longtemps de cette nouvelle vie. Ma petite bulle de bonheur a vite explosé. M. Jamneky, un nouveau prof, m'a mis un C en maths. Et, là, mon père a flippé.

À mon âge, papa était capable de résoudre des équations à trente mille inconnues, alors un C en maths, ce n'était pas vraiment ce qu'il attendait de moi.

Il aurait peut-être fallu que je passe un peu plus de temps à écouter en classe et un peu moins à travailler sur le Décodeur de Bidules au dos de mon cahier.

Mais c'était tellement plus intéressant.

Squeep ! continuait à semer des indices à chacune de ses disparitions. En plus des coquillages, des chips et des capsules, il lui arrivait aussi de laisser des pièces et des œufs de Pâques. Et jamais les unes sans les autres.

Qu'est-ce que ça voulait dire ?

C'est là qu'est apparue la bague serpent.

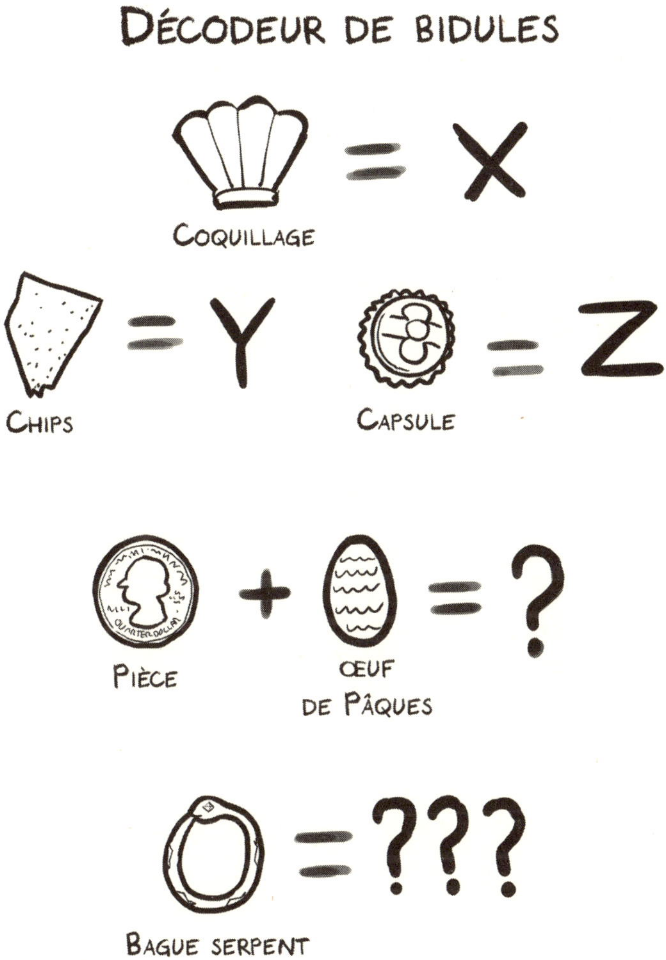
DÉCODEUR DE BIDULES
= X
COQUILLAGE
= Y
CHIPS
= Z
CAPSULE
+
= ?
PIÈCE
ŒUF
DE PÂQUES
= ???
BAGUE SERPENT

4

La bague serpent

Vautré sur le tapis du salon avec Squeep !, j'écoutais distraitement ma grande sœur Beth parler de Gengis Khan à Bébé Lu.

Bébé Lu aimait tellement qu'on lui lise des histoires que n'importe quel livre ou presque suffisait à la calmer. Ce qui permettait à Beth de s'occuper de notre petite sœur tout en révisant pour son interro d'histoire :

– « Gengis Khan et sa horde d'archers montés fondirent sur l'Asie. La conquête de presque un quart des terres de la planète coûta la vie à près d'un dixième de la population mondiale. Ce fut le règne le plus violent de l'histoire humaine... »

Bébé Lu avait l'air fascinée.

C'est là que je me suis rendu compte que Squeep ! avait encore disparu.

Et qu'y avait-il à sa place sur le tapis ? Un anneau d'argent. Je l'ai approché de la fenêtre pour mieux voir.

Le sentir dans le creux de ma main provoquait chez moi une sensation étrange et néanmoins familière.

J'avais déjà vu cette bague quelque part.

Un serpent qui se mord la queue, avec, en guise d'yeux, deux pierres précieuses rouges au scintillement si hypnotique que je n'ai pas vu approcher Eliza, la sœur jumelle de Beth.

– Waouh ! s'est-elle exclamée en m'arrachant l'anneau des mains. C'est la bague de Grand-Mère ! Où tu l'as trouvée ?

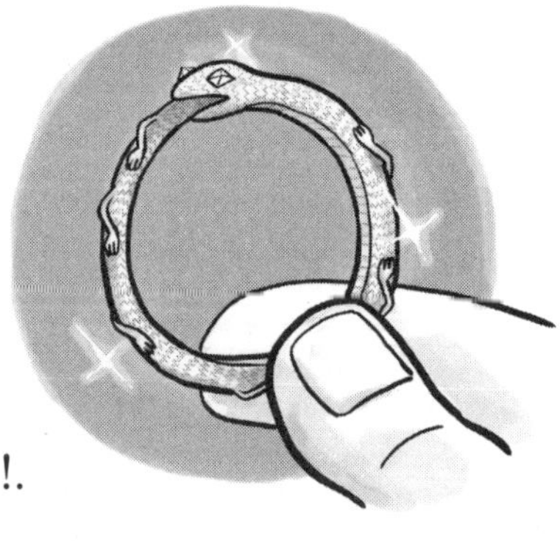

– Là, sur le tapis, ai-je répondu, sans préciser que c'était un cadeau de Squeep !.

– C'est l'Ouroboros, le symbole de l'éternel retour. Et si ça voulait dire... que Grand-Mère va revenir ?

La bouche d'Eliza s'est entrouverte dans un demi-sourire, alors qu'elle regardait le serpent circulaire, des étoiles dans les yeux.

– Oui, ça veut dire que Grand-Mère va revenir. *Forcément*. Beth, Grand-Mère va revenir !

Beth m'a lancé un regard inquiet.

On ne partageait pas l'enthousiasme d'Eliza.

Si tu as lu mon dernier livre, tu sais pourquoi je ne suis pas très fan de Grand-Mère.

Et le FBI non plus. À tel point qu'il l'a placée depuis un an sur la liste des dix fugitifs les plus recherchés. D'ailleurs, des agents faisaient toujours le guet devant chez nous, dissimulés dans une camionnette noire, au cas où elle reviendrait.

Mais Eliza l'adorait. Parce qu'elle gobait ses promesses absurdes. Voyez-vous, Grand-Mère avait conçu le plan ridicule de conquérir la galaxie. Elle nous avait dit que, si on l'aidait, chacun de nous régnerait sur son propre système solaire.

Dingue ? Tout à fait d'accord ! Mais Eliza buvait les paroles de Grand-Mère. Elle passait des heures à rêver de son futur royaume.

– Il faut qu'on soit prêts ! a-t-elle ajouté, haletante. Qu'on soit prêts pour son grand retour. Grand-Mère va revenir !

– Si elle revient, elle ira en prison pour avoir violé à peu près toutes les lois possibles et imaginables, lui ai-je fait remarquer.

– *Quand* elle reviendra, m'a corrigé Eliza en enfilant la bague, c'est elle qui fera les lois.

Ces mots m'ont fait trembler de la tête aux pieds. Grand-Mère était une femme terrifiante. L'idée qu'elle revienne me glaçait le sang. Et je n'avais pas du tout envie que les lizardinis de Squeep ! et les drôles de bidules qu'il laissait derrière lui aient quoi que ce soit à voir avec tout ça.

5

Lizardini

Squeep ! avait disparu plusieurs jours, jusqu'à ce qu'un matin, je le trouve endormi sur ma tête.

Comme Felix n'arrêtait pas de me tanner avec son projet scientifique, j'ai décidé de prendre le lézard par la queue, si j'ose dire, avant que Squeep ! ne disparaisse à nouveau.

J'ai fabriqué une caisse avec un vieux sac de bowling et un bout de grillage. J'ai fourré Squeep ! dedans et j'ai marché jusque chez Felix, à trois rues de là, pour faire les présentations avec Thor le Fort.

– En fait, Conklin, m'a dit Felix, venu à ma rencontre sous le porche de sa maison, je commençais à douter de toi.

– Salut, Felix.

Je l'ai suivi dans les escaliers jusqu'à sa chambre, où Thor le Fort était installé, visiblement ballonné, dans un terrarium en verre.

À mon grand étonnement, des affiches de mon père, Hap Conklin Senior, étaient placardées aux murs. Felix avait punaisé des articles sur les grandes découvertes scientifiques de papa et des publicités pour ses vieilles inventions, comme les Abdo-Fesses et les Tic-Tacos, « les seuls tacos surgelés qui donnent l'heure ».

– Bon, Conklin, m'a dit Felix. Tu me présentes Squeep !?

J'ai ouvert ma boîte à lézard.

Tout ce que j'y ai trouvé, c'était un petit coquillage gris.

– Qu'est-ce que c'est que ça ? m'a demandé Felix.

– Euh... un coquillage.

– J'avais remarqué, mais où est ton lézard ?

– Il s'est enfui.

– C'est ça..., m'a répondu Felix en secouant la tête. Dis-moi la vérité, Conklin. En fait, tu n'as pas de lézard ?

– Pourquoi j'aurais menti ?!

– Pour m'impressionner. Je t'ai parlé de mon lézard, et tu t'es dit que toi aussi, tu voulais avoir l'air cool, genre : « Oh, j'ai un lézard ! » alors que tout ce que tu as, c'est un coquillage dans un sac de bowling tout pourri.

– Mais j'ai vraiment un lézard !

Il m'a regardé avec pitié.

– Désolé, Conklin, mais je crois qu'on ne pourra pas se mettre ensemble en sciences, finalement.

– Hein ?!! Pourquoi ?

– Si je te l'ai proposé, c'est uniquement parce que je pensais que tu étais aussi intelligent que ton père. Mais, visiblement, je me suis trompé.

Il n'aurait jamais dû me dire ça.

– Tu sais quoi ? J'ai vraiment un lézard. Sauf qu'il n'est pas constipé, comme le tien. Il est magique !

– Ha ? Maintenant, tu as un lézard magique ? Ha ha ! Pfff... Je te laisse, c'est l'heure de faire faire sa crotte à Thor le Fort.

J'ai descendu les escaliers à toute vitesse, et je suis sorti.

Je fulminais ; jusqu'à ce que je me souvienne d'un truc : je n'avais jamais demandé à Felix d'être mon binôme. Moi, ce que je voulais, c'était me mettre avec Nev Everly. Et c'était ce que j'allais faire. C'était le petit coup de pouce qu'il me fallait. Demain matin, en arrivant, je demanderais à Nev de faire équipe avec moi en cours de sciences.

Enfin, je ne pouvais pas le lui *demander*... C'était impossible.

Alors, j'ai conçu un plan brillant pour que ce ne soit *plus* impossible.

Mais il fallait d'abord que ma petite sœur, Kayla, me donne un coup de main.

Et, là, je pourrais demander à Nev.

Et une fois qu'on serait en binôme, qui sait ce qui pourrait se passer ?

Peut-être même qu'on ferait nos devoirs de maths ensemble !

6

Never Nev

Nev, c'est le diminutif de Nevada. Mais dans ma tête j'avais commencé à l'appeler Never – « jamais », en anglais – vu que lui parler me semblait tellement impossible.

Je me disais que ma seule chance était de la faire rire. Pour briser la glace, et faire en sorte qu'il ne soit plus impossible de lui demander de se mettre avec moi en sciences. Mais hors de question de débarquer comme ça, et de lui balancer une vanne pas préparée. J'aurais eu l'air pitoyable. Il fallait que ça ait l'air spontané. Le mieux, c'était d'attendre qu'*elle* me fasse rire, et ensuite de lui répondre par une répartie hilarante. Voici comment je voyais les choses :

Mais voici ce qui s'était toujours passé jusque-là :

Never Nev

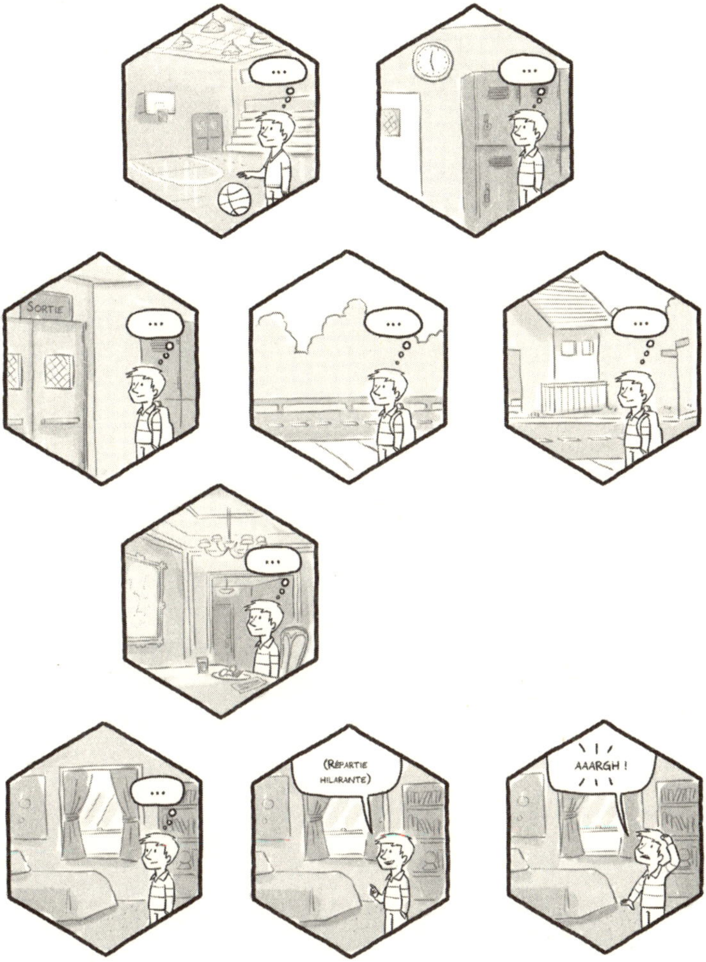

La répartie hilarante arrivait toujours bien trop tard. Ce qui aurait été génial à 11 h était parfaitement sans intérêt à 17 h 30.

Et c'est là que ma sœur Kayla – dix ans, désormais – pouvait m'être utile.

Grâce à son ami imaginaire, Alphonso, qui l'aidait à prédire l'avenir. Ça a l'air fou, mais si tu connaissais Kayla – ou si tu as lu mon dernier livre – tu saurais que c'est vrai.

Kayla peut « s'attacher » à tout ce qu'elle voit ou entend.

Il suffisait donc qu'elle « s'attache » à moi pour voir tous mes passés et futurs possibles dans les alvéoles. Comme ça :

Dans cette ruche du temps, Alphonso le bourdon représente le présent. C'est l'ami de Kayla. Elle peut lui demander quel sera mon véritable futur sur les milliers de milliards de chemins que mon avenir pourrait prendre.

Seul l'Ordonnateur était capable d'inhiber le pouvoir de Kayla. Si quelque chose se retrouvait dans le poudrier d'Alice, Kayla perdait sa trace et n'était plus en mesure de faire des prédictions à son sujet.

Sauf que je ne lui demandais pas de regarder dans un trou noir, mais seulement de me dire quel truc drôle Nev allait sortir en classe. Comme ça, j'aurais des heures devant moi pour trouver une blague qui tue.

Seul accroc dans ce plan brillant : Kayla avait arrêté de prédire ce qui se passait sur Terre. Ces derniers temps, elle ne « s'attachait » qu'à ce qu'elle voyait dans le ciel étoilé à travers son télescope.

Elle considérait que les prédictions astronomiques étaient plus importantes. Et puis, elle voyait beaucoup plus loin dans le futur tout là-haut. Les interactions infinies de la vie sur Terre limitaient son champ d'action. Il lui fallait des heures de concentration intense pour savoir ce qui allait se passer une semaine plus tard. Mais il se passait si peu de chose dans le coin de ciel qu'elle avait choisi d'observer qu'en une minute, elle était capable de savoir ce qui allait arriver des centaines ou des milliers d'années plus tard.

Chaque soir, elle se concentrait sur une minuscule section de la Voie lactée et y cherchait les futurs astéroïdes, du genre de celui qui avait provoqué la disparition des dinosaures il y a des millions d'années.

Une fois lancée, elle ne s'arrêtait plus tant que nos parents ne lui disaient pas d'aller se coucher.

Mais j'avais l'arme imparable pour l'obliger à lever les yeux de son télescope : une bouteille de Tamarindo, son soda préféré.

Je l'ai trouvée sur le toit – sa tanière habituelle –, confortablement installée dans une chaise de jardin devant le trépied de son télescope, en train de prendre des notes dans un carnet.

7

Astéroïdini

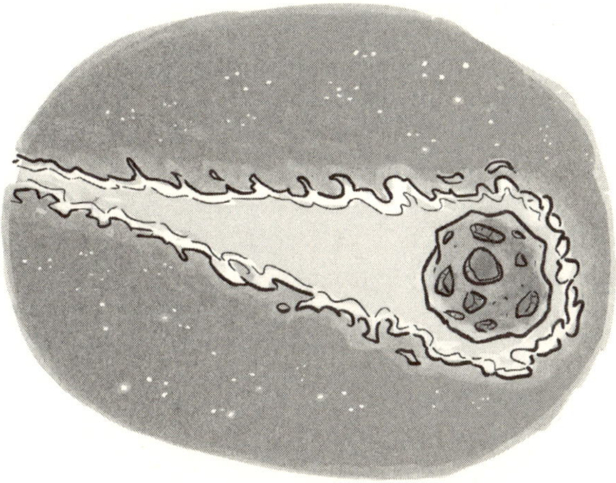

– Quoi de neuf ?

– Je n'ai jamais rien vu d'aussi bizarre, m'a répondu Kayla sans lever les yeux. J'étais en train de suivre un astéroïde cinq cents ans dans le futur, et tout à coup, paf, il a disparu. Je ne le retrouve plus.

– Tant mieux, non ? S'il n'est plus là, il ne risque pas de nous tomber dessus.

– Pas tant mieux, non. Les astéroïdes ne sont pas censés disparaître comme ça.

– Peut-être que tu devrais faire une pause. Ça tombe bien, je t'ai apporté un Tamarindo !

– Oh, a-t-elle dit en levant les yeux. Merci.

Elle m'a pris la bouteille des mains avec avidité, mais s'est immobilisée au moment de l'ouvrir.

– Tu as quelque chose à me demander, non ? Si c'est une prédiction sur Terre, c'est hors de question. Je n'en fais plus.

– Tu viens de le faire. Tu as prédit que je voulais que tu prédises quelque chose.

– C'était plutôt évident, m'a-t-elle dit en me rendant la bouteille. Désolée, Hap, mais non, merci.

– Garde la bouteille et écoute mon idée. Tu n'es pas obligée de dire oui. Le Tamarindo, c'est juste pour que tu m'écoutes.

– OK, a dit Kayla en faisant sauter le bouchon.

Elle a bu une petite gorgée. Un large sourire a illuminé son visage. Kayla adorait les boissons sucrées. Peut-être qu'elle était à moitié bourdon, en fait. Mais son sourire s'est effacé au fur et à mesure que je lui ai raconté mon plan pour convaincre Nev d'être mon binôme. Et, à la fin, elle s'est contentée de secouer la tête en guise de non.

– Allez ! Et pourquoi pas ?

– J'ai vraiment besoin de te le dire ? m'a-t-elle demandé en remettant l'œil sur le télescope.

– Allez ! ai-je insisté. Ça te prendra trois minutes.

– Non. Point final.

Mais j'ai continué à insister. Jusqu'à ce qu'elle me crie :

– Hap, je suis en train d'assister à un paradoxe astronomique inquiétant, là ! Je ne vais pas m'arrêter pour t'aider à draguer !

J'ai bondi :

– « À draguer » ?

Je me suis senti rougir.

– Ce n'est pas... Je n'essaie pas de... Écoute, fais-le au nom de la science. Pour qu'on se mette ensemble en cours de *sciences*. Si tu ne fais rien, ce sera au détriment de la science.

Elle a levé les yeux au ciel. Ce qui a eu le don de m'énerver encore plus.

– Tu te crois maligne, mais, en fait, tu ne sais RIEN des gens. Tout ce qui t'intéresse, c'est ta recherche et tes expériences. Tu es en train de devenir comme papa.

Elle m'a lancé un regard si furieux que j'ai fait un pas en arrière. Je savais qu'elle allait me feinter.

Elle n'était pas obligée.

C'est vrai, j'avais dit ça exprès pour la blesser, mais quand même...

Kayla avait découvert les feintes quelques mois plus tôt en regardant un match de foot à la télé. Une journée particulièrement sombre dans la vie de son grand-frère et de ses grandes sœurs.

Elle avait remarqué la façon dont un joueur pouvait déséquilibrer les défenseurs grâce à son jeu de jambes et ses feintes de corps. Or cette technique, très utile lors d'un match de foot, s'est transformée en arme mortelle entre les mains de Kayla, capable de prévoir les réactions involontaires d'une personne face à des millions de mouvements différents.

Donc, quand je lui ai dit : « Tu es en train de devenir comme papa », elle a bondi comme un chat, fait trois drôles de pas vers moi, et je suis tombé.

Elle ne m'a pas touché. Il lui a suffi d'exécuter parfaitement les trois mouvements nécessaires pour me faire perdre l'équilibre.

Je me suis fait mal aux fesses en heurtant le gravier. Après m'être relevé à toute vitesse, je me suis enfui vers la porte. Mieux vaut ne pas traîner dans les parages quand Kayla est dans cet état ; j'étais bien placé pour le savoir. Mais je n'ai pas pu résister à l'envie de me retourner pour lui crier la pire vacherie possible, basée sur sa pire peur : « J'espère que le FBI t'enfermera dans un centre de recherche ! » Là, elle m'a visé avec sa bouteille.

Sauf qu'elle ne l'a jamais lancée. C'était encore une feinte pour que je me prenne la porte. Et ça a marché.

Résultat : j'avais un mal de crâne carabiné – et plein de devoirs.

Il fallait que je trouve un projet scientifique que je puisse faire tout seul, sans Felix ni Nev. Et il fallait que je rattrape mon retard en maths.

Une fois dans ma chambre, j'ai traîné mon cartable jusqu'à mon lit.

Quand je l'ai ouvert, une forme sombre a bougé à l'intérieur...

...et m'a sauté dessus.

J'ai bien cru que mon cœur allait lâcher. Squeep !.

– C'est toi ?! Tu veux ma mort ou quoi ?

Il m'a lancé un regard vide. Ces derniers temps, son corps en ! ressemblait de plus en plus à un ?

Je me suis agenouillé pour lui poser quelques questions.

– Pourquoi disparais-tu tout le temps ?

Il a agité la queue devant sa tête, et m'a tendu un coquillage gris.

– Ça veut dire quoi, ça ? lui ai-je demandé en le jetant par terre.

Il a agité la queue devant sa tête et m'a de nouveau tendu un coquillage gris.

Je l'ai de nouveau jeté par terre.

– Pourquoi tu me donnes tout le temps ces trucs ?

Il a agité la queue avant de me tendre un troisième coquillage gris identique aux deux premiers.

Il l'avait fait apparaître comme par miracle. Et les coquillages que j'avais jetés par terre s'étaient évanouis. J'ai examiné celui que je tenais dans ma main.

Sa forme me rappelait quelque chose. Tout comme ces objets sortis de nulle part...

– Le poudrier ! Le poudrier d'Alice avait la même forme !

Squeep ! a fait une sorte de hochement de tête.

– C'est ce que tu essayais de me dire ? Au sujet de l'Ordonnateur ?... Mais il a été détruit. L'année dernière.

Squeep ! a secoué la tête. Non.

« Oh oh. »

– C'est là que tu disparais ? Dans l'Ordonnateur ?

Je lui ai montré le coquillage.

– C'est ça ? Le coquillage est le nouveau portail ?

Il a secoué la tête.

– Où est-il ?

Il a agité la queue et m'a tendu une chips.

– Dans la chips ?

Il a agité la queue et m'a tendu un jeton de poker orné d'une photo d'Elvis.

C'était dingue. Où est-ce qu'il trouvait tout ça ?

Dans l'Ordonnateur, évidemment. Dans le butin d'objets volés qu'Alice avait amassé au cours des années. Il glissait dans le temps, y prenait des objets, avant de retourner au présent, sans effort, comme Alice, autrefois.

« C'est pas bon, ça, me suis-je dit. Ordonnateur égale danger. »

Je savais que je devais en parler à papa. Et qu'il fallait aussi éviter à tout prix qu'Alice ne l'apprenne.

Après un an de thérapie, elle avait fait quelques progrès pour se guérir de ses obsessions. Mais cette nouvelle risquait de la faire replonger.

J'ai décidé d'attendre qu'Alice s'endorme pour aller voir papa.

Entretemps, j'ai essayé de reprendre mes devoirs de maths. Mais impossible de me concentrer. Finalement, je me suis remis au Décodeur de Bidules au dos de mon cahier.

Malheureusement, je n'étais pas plus doué pour les maths de bidules que pour les maths normales.

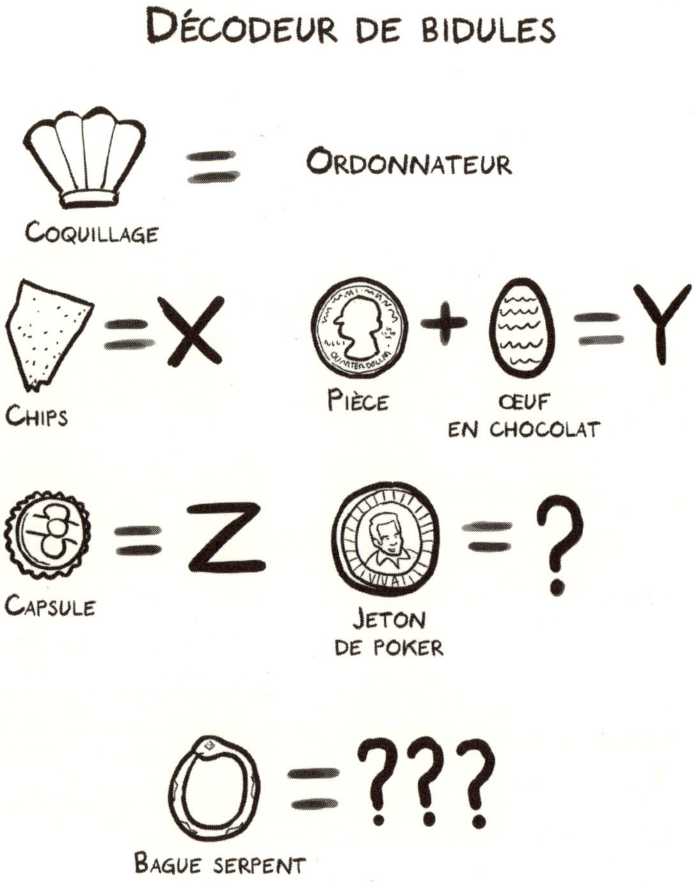
DÉCODEUR DE BIDULES
COQUILLAGE
= ORDONNATEUR
CHIPS
=X
PIÈCE
+
ŒUF EN CHOCOLAT
=Y
CAPSULE
=Z
JETON DE POKER
=?
BAGUE SERPENT
=???

8

La mouche des fruits

Vers minuit, j'ai emmené Squeep ! dans le couloir. Il y avait un rai de lumière sous la porte de la chambre de Beth et Eliza, mais pas sous celle d'Alice et Kayla. En traversant le salon, j'ai entendu mes parents se disputer à voix basse dans la cuisine.

Papa était en train de passer une couche de son nouveau vernis expérimental sur une boule de bowling, sous la hotte de la cuisinière.

Les conditions de sa liberté sur parole stipulaient qu'il devait faire une petite pause de quelques années dans les inventions et les recherches scientifiques. Il avait donc pris le travail le moins scientifique

qu'il ait trouvé : gérant de jour du bowling de Striker Island.

Mais un homme comme lui était incapable de tirer un trait sur la science. Il est devenu obsédé par l'idée d'améliorer l'équipement de la salle. Si bien qu'on s'est retrouvés avec des boules éventrées, des quilles, des sacs et des chaussures aux quatre coins de l'appartement.

Je suis resté dans la pénombre à l'entrée de la cuisine pendant un moment.

– Toi dis Kayla descendre du toit !

Maman avait du mal à parler les langues étrangères quand elle était énervée.

– Elle pas écouter. Toujours sur télescope.

– Peut-être qu'elle fait des découvertes, lui a répondu papa en essuyant son pinceau.

– Il est minuit, et école demain !

– OK. Je finis ça et j'y vais.

– Kayla pareil ! Toujours « je finis ça », « je finis ça ». Toi et elle...

Et là Maman a employé un mot roumain désignant un type de fou particulier. C'est à ce moment-là qu'elle m'a vu.

– Lui aussi debout ! Personne dormir !

– Va te coucher, Hap, m'a ordonné papa.

– Squeep ! est bizarre, ai-je répondu en me dirigeant vers lui, le lézard dans les mains. Je crois que c'est grave.

– Oh oh. Il est malade ?

– Non, c'est autre chose... Il est vraiment bizarre. Par où commencer ?... D'abord, il comprend notre langue.

Papa a poussé un soupir et a secoué la tête en gloussant.

– Écoute, Hap : parfois, on a l'impression que les animaux nous comprennent. Mais, en fait, ils ne font que réagir à nos expressions corporelles. Ou alors ils décodent nos phéromones. Tu sais qu'il y a une étude intéressante dans le *Journal de...*

– OK, OK, l'ai-je coupé, pour tuer dans l'œuf la petite leçon qui s'annonçait. Ce qui m'inquiète le plus, c'est que Squeep ! n'arrête pas d'entrer et sortir – là, j'ai baissé la voix – de l'Ordonnateur.

Papa a ouvert de grands yeux. Maman avait l'air paniqué.

– C'est impossible, a objecté Papa. Il n'y a plus d'Ordonnateur. J'ai personnellement supervisé sa destruction.

– Ben pourtant, il est toujours là.

– On a détruit le poudrier, est intervenue maman. Il n'y a plus rien.

– Dites ça à Squeep ! Parce qu'il y entre et en sort chaque fois que l'occasion se présente. Et il me rapporte des choses !

– C'est impossible, a rétorqué papa. Entrer et sortir de quoi ? Il n'y a plus rien. Plus de micro trou noir. Plus de portails.

– Je crois que... C'est *lui* le portail.

– Un organisme vivant ne peut pas être un portail, m'a contredit papa. C'est impossible pour des tas des raisons. Et même si c'était possible... même si un lézard *pouvait* être un portail, comment veux-tu qu'il entre dans l'Ordonnateur à travers lui-même ?

– Et pourquoi pas ? ai-je répondu. Il se passe de drôles de trucs dans l'espace-temps extra-dimensionnel, non ?

– De drôles de trucs, oui, mais pas de ce genre, a répliqué papa. Écoute, je sais que tu as vu des choses étranges dans l'Ordonnateur. Mais ça ne veut pas dire que tu comprends l'espace-temps extradimensionnel. C'est un concept mathématique hautement complexe, que, franchement, un garçon qui enchaîne les C en maths...

– J'ai eu *un* C.

– ...n'est pas outillé pour comprendre. Désolé, Hap, mais tu ne maîtrises pas les notions mathématiques nécessaires pour appréhender tout ça.

– Tu sais, ai-je répondu, un peu irrité, les scientifiques vraiment *doués* sont capables d'expliquer « tout ça » en des termes simples – genre avec des analogies, etc. – pour que les gens normaux puissent eux aussi comprendre l'espace-temps extradimensionnel.

– Des analogies ? a marmonné papa en réfléchissant. Il a pointé du doigt la fenêtre ouverte. Bon, disons que cette fenêtre est un portail vers l'extérieur de notre appartement, d'accord ? Imagine qu'une mouche des fruits y passe, ramasse cette boule de bowling, la transporte jusqu'au bowling et fasse un strike. Eh bien, il y a plus de chances que ça arrive que toi, tu comprennes l'espace-temps extradimensionnel.

– Hé ! est intervenue maman. Ce n'est pas... *încurajator*.

– Ça veut dire « encourageant », ai-je expliqué à papa. Vois-tu, contrairement à toi, j'ai appris le roumain. Tu sais ce que ça veut dire, « encourageant » ?

– Tu es bon en langues, a concédé papa. Mais tu dois prendre les maths plus au sérieux.

– Mais ce n'est pas comme ça qu'Happy apprend, lui rétorque maman. Tu sais bien qu'il est spécial.

– Je n'aime pas que tu dises ça, maman ! Vous ne pourriez pas me faire confiance, pour une fois ? Squeep ! se balade vraiment dans l'Ordonnateur !

– Quoi ? s'est écriée une voix derrière moi. Le lézard entre dans mon placard ?

Et qui se tenait là, sous mes yeux ? Alice, bien sûr. En chemise de nuit, sur le seuil de la cuisine, un verre vide à la main.

– Bien sûr que non, ma chérie, lui a susurré papa. Tu vois ce que tu es en train de faire, Hap ? L'Ordonnateur n'existe plus. On a détruit tous les poudriers. C'est juste que Squeep ! est un peu agité ces derniers temps. Il est peut-être malade. Et si je l'examinais, hein ?

En entendant ça, Squeep ! a sauté de mes mains et décampé sur le carrelage de la cuisine.

Alice s'est penchée comme un gardien de but pour l'attraper au passage. Mais il a mis le turbo et filé entre ses doigts.

– Je vous avais dit qu'il nous comprenait ! ai-je crié.

Alice s'est lancée à sa poursuite dans le salon. Je me suis rué hors de la cuisine pour le rattraper en premier.

Au détour du couloir, j'ai vu qu'Alice regardait le coin du plancher où Squeep ! venait de disparaître.

Il avait laissé quelque chose.

Alice s'est penchée pour ramasser... un kazoo vert.

– C'est à moi, a-t-elle dit en me regardant. Ce kazoo est à *moi*.

– Tu veux dire à la personne à qui tu l'as volé ?

– Squeep ! se balade vraiment dans mon placard, n'est-ce pas ?

Un sourire s'est dessiné sur son visage. Elle a poursuivi :

– C'est toujours là. *Tout* est toujours là... Comment fait-il ?

– Je ne sais pas. C'est ce que j'étais en train de demander à papa.

– Apporte-moi le lézard. Quand tu le retrouveras, apporte-le-moi direct.

– Et pourquoi je ferais une chose pareille ?

– Parce que, a-t-elle dit en se penchant vers moi, je peux te rendre heureux à l'école... ou très malheureux.

– Je sais.

– Tant mieux. Alors, apporte-le-moi.

Elle s'est éclipsée en serrant le kazoo vert dans son poing.

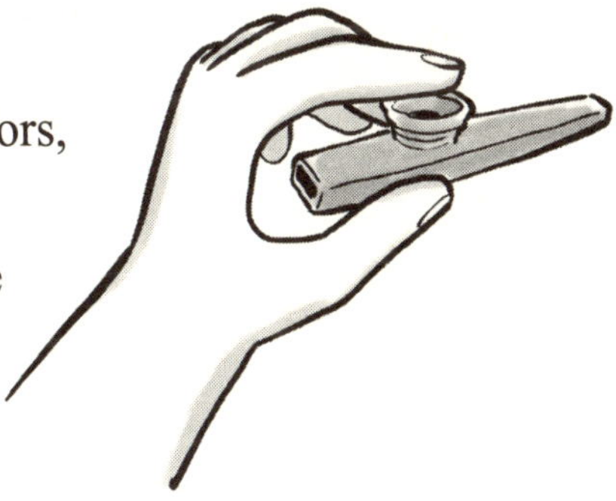

9

Patte tendue

J'étais resté debout si tard que j'ai dormi jusqu'à ce que mon réveil sonne.

Et pour que j'ouvre un œil il a fallu que Squeep ! m'écarte les paupières.

– Aaargh ! Qu'est-ce que tu fais ?

J'ai cligné les yeux une bonne douzaine de fois pour me remettre les globes en place. Squeep ! m'observait, tapi sur la couette.

– Écoute, lui ai-je dit, Alice te cherche. C'est pas bon. Il faut que tu fasses profil bas, mon pote, en attendant que ça chauffe un peu moins.

Il a passé la queue devant sa tête et m'a tendu un coquillage sorti de nulle part.

– Quoi ?! Encore ça ?

Il a recommencé. Mais cette fois, tellement doucement que j'ai pu voir comment il faisait : sa queue a bougé au ralenti, jusqu'à prendre la forme d'un point d'interrogation, et ensuite son corps tout entier a formé un cercle parfait. Quand le bout de sa queue a touché sa tête, sa gueule s'est refermée dessus.

Et il a disparu.

J'ai fait :

– Quoooooooi ?!

Il a réapparu, toujours en cercle, mais avec un coquillage dans les pattes. J'en tremblais : dans cette position, Squeep ! ressemblait à la bague de Grand-Mère en forme de serpent qui se mord la queue. Comment Eliza appelait ça, déjà ?

L'Ouroboros, le symbole de l'éternel retour.

Squeep ! a posé le coquillage, tout en restant dans la même position – le bout de sa queue dans sa gueule entrouverte, prêt à mordre à nouveau et disparaître dans l'Ordonnateur.

C'est alors qu'il a levé la tête et agité la queue en direction de ma main, comme s'il voulait que je vienne avec lui.

– Pas question ! lui ai-je crié, en retirant ma main. Pas question d'y retourner. Jamais.

Il m'a tendu la patte. Comme pour me dire : « Allez, il est temps. »

Mon cœur battait la chamade. J'avais l'impression d'être au bord de la falaise la plus haute du monde, et qu'une petite voix dans ma tête me disait : « Vas-y, saute ! »

– Tu rêves, Squeep ! lui ai-je dit avec un rire nerveux. C'est le pire endroit de l'univers.

« Allez, disait la petite voix. Ça fera un super projet scientifique. »

J'imaginais l'effet à la remise des prix de sciences :

UN LÉZARD PEUT-IL VOUS EMMENER DANS UN TROU NOIR ?

J'ai ri en imaginant la réaction de Felix.

Papa aussi hallucinerait. Surtout lui qui détestait avoir tort. Mais je ne me souvenais que trop bien de mon dernier voyage dans l'Ordonnateur. Et je ne voulais à aucun prix revivre ça.

– Pour la dernière fois, c'est non, Squeep !

C'est alors que maman a tapé à la porte et m'a crié :

– Tu es en retard, Happy !

J'ai sauté hors de mon lit, enfilé mes habits, puis je me suis lavé les dents à toute vitesse dans la salle de bain. Je n'avais pas le temps de me raser, mais, comme je ne sortais jamais sans un rasoir portable et de la mousse à raser dans mon sac, je pourrais le faire dans les toilettes de l'école avant le début des cours.

Je suis retourné au galop dans ma chambre pour attraper mon sac à dos. Il était plus lourd que d'habitude. En regardant dedans, j'ai compris pourquoi : un passager clandestin reptilien.

Squeep !, enroulé en un Ouroboros parfait sur un de mes cahiers, me tendait la patte.

– Sors de là ! Je ne peux pas t'emmener à l'école.

Il ne bougeait pas. Je n'ai pas osé l'attraper de peur qu'il ne m'entraîne avec lui dans l'Ordonnateur. Et je me suis dit qu'avec Alice qui le traquait, il serait peut-être plus en sécurité avec moi. J'ai remonté la fermeture éclair en laissant une petite ouverture pour qu'il puisse respirer.

J'ai couru de ma chambre à la cuisine, où maman, Bébé Lu dans les bras, m'a tendu une tartine à la gelée de raisin.

– Tout le monde t'attend, dehors.

– Désolé, air-je répondu en croquant dans la tartine. Salut !

J'ai descendu les escaliers de l'immeuble quatre à quatre. Maman préférait qu'on aille à l'école ensemble. Même si on était dans trois établissements différents – l'école primaire d'Acorn Lane, le collège de Wonder Street et le Lycée Central – ils étaient tous dans la même direction.

Beth, Kayla et Eliza étaient déjà parties, mais Alice, elle, m'attendait dehors. Elle m'a tout de suite demandé :

– Où est le lézard ?

J'ai senti qu'au son de sa voix Squeep ! avait fait un bond dans mon cartable.

– Je ne l'ai pas vu. Pas depuis hier soir. En général, on ne le voit pas pendant des jours quand il disparaît comme ça.

– Trouve-le et rapporte-le-moi.

– D'accord, ai-je promis en pressant le pas pour m'éloigner d'elle.

– Tu as une heure.

– Compris, ai-je grommelé.

À force de marcher à toute allure, je me suis retrouvé à côté de ma grande sœur, Eliza, qui traînait les pieds en regardant avec un sourire béat la bague en argent dans sa main. Soudain, elle l'a approchée de sa bouche et s'est mise à... à lui parler ? Oui, elle était en train de lui murmurer quelque chose.

– C'est quoi, ça ? a aboyé Alice, qui nous avait rattrapés.

– Rien, a bafouillé Eliza en plongeant la main dans sa poche.

– Où as-tu trouvé cette bague ?

– Ça ne te regarde pas.

– C'est *ma* bague, a grogné Alice.

– Non, c'est celle de Grand-Mère.

Hors de question de me mêler à cette conversation. J'ai accéléré.

Devant moi, Kayla était plongée dans un vieux numéro de *Life*, un magazine scientifique rempli de photos prises par le télescope Hubble. Elle les étudiait chaque fois qu'il faisait trop jour pour observer l'espace avec sa propre lunette.

En voyant les minuscules tressaillements de son visage, j'avais deviné qu'elle parlait à Alphonso. Sans doute d'un astéroïde du futur ou d'un truc dans le genre. Je lui ai murmuré :

– Kayla, Alice va s'en prendre à moi, aujourd'hui. J'ai besoin de savoir ce qu'elle compte faire et quand. S'il te plaît.

Elle m'a ignoré, la tête plongée dans la contemplation de photos d'étoiles, le visage toujours déformé par de légers tressaillements.

– Ben quoi ? Tu es toujours fâchée ?

Pas de réponse.

– Écoute, je suis vraiment désolé pour hier. S'il te plaît... ça ne te prendra que deux secondes. Dis-moi seulement ce qu'Alice va faire. J'ai juste besoin d'avoir un peu d'avance. Un tout petit peu de temps, c'est tout.

Kayla m'ignorait royalement. Son expression glaciale m'a rappelé la tête qu'elle faisait la veille, juste avant de me feinter.

Ça m'a énervé d'y repenser.

Et la colère m'a donné une idée :

« Tu n'as plus besoin de Kayla pour faire des prédictions.

– Et pourquoi ? me suis-je demandé à moi-même.

– Parce que tu as Squeep !, idiot.

– Squeep ! ne peut pas prédire l'avenir.

– Tu n'as pas besoin de connaître l'avenir, puisque tu peux geler le présent ! »

10

Dimitrius

À la seconde où j'ai eu cette illumination, j'ai su qu'il aurait mieux valu que je ne l'aie jamais eue.

Avec cette patte tendue, Squeep ! m'offrait tous les pouvoirs terrifiants de l'Ordonnateur... Si seulement j'avais eu le courage d'en profiter. Les possibilités étaient infinies. Une porte impossible à refermer s'était ouverte dans ma tête, et des projets indésirables s'y bousculaient.

La prochaine fois que Mlle Jamneky m'interrogerait en maths, je pourrais glisser hors du temps, trouver une réponse dans l'Ordonnateur et revenir sans que personne ait rien remarqué. Je pourrais même cacher mes livres dedans. Plus besoin d'étudier ou de faire mes devoirs. Pas étonnant qu'Alice veuille à tout prix le récupérer !

Et voilà pourquoi elle ne renoncerait jamais à retrouver Squeep !.

Mais, au fait, est-ce qu'il était toujours avec moi ? J'ai palpé mon cartable dans mon dos. Ouf, il était là, respirant tranquillement. Soudain, j'ai remarqué qu'Alice m'observait à une dizaine de mètres. Elle a ouvert de grands yeux quand elle a compris ce que je faisais.

Elle a donné un petit coup de coude à Eliza et lui a dit quelque chose.

J'ai fait semblant de me gratter le dos, je me suis retourné et j'ai pressé le pas. J'ai dépassé Kayla, et accéléré encore un peu pour rattraper Beth.

Je me suis à nouveau retourné. Alice ne m'avait pas suivi. Elle marchait une vingtaine de mètres derrière moi, bavardant avec Eliza.

– Qu'est-ce que tu veux ? m'a demandé Beth, en me fixant bizarrement.

– Hein ? Oh, rien. Et toi, ça va ? Tu as l'air fatiguée.

– Je suis épuisée. Je n'ai presque pas dormi de la nuit.

– Aïe, encore ces fichues Transformations Nocturnes ?

C'était un effet secondaire durable des expériences de Grand-Mère sur Beth : dans son sommeil, ma sœur prenait régulièrement la forme des gens ou des choses dont elle rêvait.

– Non, dieu merci. Ça ne m'est pas arrivé depuis des mois. Je prends mon traitement. J'ai juste révisé très tard pour mon examen.

– Ah, tant mieux.

Les Transformations Nocturnes avaient constitué un calvaire pour toute la famille jusqu'à ce que papa mette au point un traitement. Beth devait boire chaque soir une tisane à l'odeur infecte et s'auto-hypnotiser avant de s'endormir.

Nous sommes restés silencieux un petit moment. Finalement, Kayla s'est séparée du groupe pour rejoindre son école primaire, sans lever la tête de son magazine. J'ai soudain remarqué qu'Alice aussi n'était plus là. J'ai crié à Eliza :

– Où est Alice ?

Elle m'a souri d'un air entendu en haussant les épaules.

« Oh, non. »

Alice s'était discrètement éclipsée pour me tendre une embuscade, j'en étais sûr.

Aurais-je le courage de me cacher dans l'Ordonnateur si elle s'en prenait à moi ?

Non, j'avais besoin d'un meilleur plan.

Les jumelles se dirigeaient vers le lycée. En face se dressait l'imposante silhouette en briques du collège de Wonder Street.

Alice s'attendait à ce que j'y entre par la double porte de Carnegie Avenue, comme d'habitude. J'ai donc filé vers la rangée de bus scolaires garés le long de Wonder Street, où je me suis mêlé à la foule des élèves.

J'ai profité de la cohue pour me glisser incognito à l'intérieur du bâtiment. Ensuite, j'ai pris à gauche, vers l'escalier ouest, que j'ai grimpé quatre à quatre jusqu'au deuxième étage.

Je suis allé jusqu'à la salle 275, ma salle d'étude. Encore quelques minutes à patienter avant le début des cours. Je n'étais pas tiré d'affaire. J'ai donc rasé les murs jusqu'aux toilettes les plus proches.

J'ai poussé la porte des garçons et je me suis approché du lavabo.

D'immenses bras se sont refermés sur moi. Deux énormes mains m'ont agrippé les épaules.

Le numéro 7 de l'équipe de foot m'a soulevé dans les airs.

– Hé ho ! Qu'est-ce que... C'est à cause du portefeuille ? Je n'en voulais pas ! Je l'ai laissé au

secrétariat, d'ailleurs. Je n'ai pas pris d'argent dedans, juré !

– C'est pas à cause du portefeuille, m'a-t-il répondu d'une voix terriblement grave.

Et puis il a crié :

– Je le tiens !

J'ai regardé autour de moi pour savoir à qui il parlait. Mais il n'y avait personne.

Tout à coup, la porte s'est ouverte, et Alice a fait irruption dans les toilettes.

– Prends-lui son sac à dos, Dimitrius. Et donne-le-moi.

Numéro 7 a retiré le sac de mon dos comme une peau de banane et l'a jeté à Alice.

Alice l'a ouvert pour regarder à l'intérieur. Elle a balancé mes livres, mes classeurs et mes papiers sur le carrelage. Aucun signe de Squeep !. Elle a secoué et palpé le cartable dans tous les sens.

Elle a soudain remarqué quelque chose par terre. Elle s'est baissée pour ramasser... un autre kazoo vert. Ou peut-être le même ?

Elle avait l'air furieuse.

– Il va et vient à sa guise, tu sais.

– Il m'a volé quelque chose, m'a-t-elle répondu. Et donc toi aussi.

– Je ne le contrôle pas !

– Jette-le dans les toilettes, a-t-elle ordonné.

Alors que Numéro 7 me soulevait de terre, j'ai crié :

– Non, attends !

La porte s'est ouverte derrière Alice.

Un adulte !

Je n'avais jamais été aussi content de voir un prof. En plus, c'était mon préféré, M. Stanley, le prof de musique. Tout le monde l'adorait. Il était toujours sympa et drôle. Il voulait même qu'on l'appelle Stanimal.

– Qu'est-ce qui se passe, ici ? a-t-il crié, en voyant le footballeur me soulever dans les airs. Repose-le immédiatement ! Qu'est-ce que tu fab...

Les mots se sont étouffés dans sa gorge à la seconde où il a vu Alice.

– Monsieur Stanley, lui a-t-elle dit, vous n'avez rien vu, compris ?

– Compris !

Il a fait volte-face et s'est dirigé vers la sortie. Je lui ai hurlé :

– Non, attendez. Monsieur Stanley, attendez ! ATTENDEZ !

La porte s'est refermée derrière lui. J'ai encore hurlé :

– Stanimal !

Alice s'est retournée vers moi en ricanant.

– Tu commences à piger ?

11

L'appel

– Tu n'auras nulle part où te cacher, m'a dit Alice. Et il n'y aura personne pour te protéger. Tu as dix minutes pour m'apporter le lézard.

D'un signe de tête, elle a ordonné à numéro 7 de me poser.

Je me suis retrouvé affalé sur le carrelage.

– Dix minutes, a répété Alice. Sinon... Viens, Dimitrius.

Et elle est sortie, accompagnée de son fidèle numéro 7.

J'ai rassemblé mes affaires étalées aux quatre coins des toilettes. J'ai ramassé mon sac vide – qui avait l'air un peu trop lourd tout à coup. Squeep ! était déjà revenu dedans. Le corps en cercle, il me faisait signe de la patte.

La cloche a sonné.

Je me suis mis à courir vers la salle 275, les bras chargés d'un gros tas de livres et de papiers, mon cartable posé par-dessus.

Je me suis glissé au fond de la classe pile au moment où Mlle York appelait mon nom.

– Conklin, Happy ?

– Présent !

J'ai commencé à remettre mes classeurs un à un dans mon cartable, en prenant bien soin de ne pas toucher la patte de Squeep !. Pendant ce temps-là, Mlle York continuait à faire l'appel.

– Melman, Doug ?

– Présent !

Quelqu'un s'est assis juste à côté de moi.

– Présente ! a crié Nev Everly.

Elle était essoufflée, comme si elle avait couru pour arriver à l'heure.

Nev avait des yeux bleu clair. Elle portait une

robe qui avait l'air à la fois toute neuve et sortie d'un magazine de mode d'il y a trente ans.

Chaque fois que j'étais près d'elle, je ressentais deux choses contradictoires : un désir urgent de dire quelque chose et une incapacité à former des mots dans mon cerveau.

– Mosley, Dana ? a continué Mlle York.

– Everly, Nevada, l'a coupée Nev. Présente !

Mlle York a jeté un œil par-dessus ses lunettes de lecture. Elle a dit :

– Everly, Nevada. En retard.

– Oh, s'il vous plaît, Mademoiselle York ! s'est écriée Nev. L'appel n'est même pas terminé. Vous n'en êtes qu'aux M. Ce n'est pas de ma faute si j'ai un nom en E.

– Mais c'est de ta faute si tu es en retard.

– Pourquoi vous ne faites jamais l'appel dans l'autre sens en commençant par Z ? Ou alors dans le désordre, ce serait plus juste.

Certains élèves ont rigolé. Je me suis dit que ce serait le bon moment de dire quelque chose de drôle. Genre...

Mais non, rien, zéro idée.

Soudain, j'ai vu la patte de Squeep ! sortir de mon cartable.

J'ai tendu la main.

Au moment où mon doigt l'a touchée, j'ai pensé à un truc drôle. J'aurais pu dire : « Elle n'est pas dans ton camp. Mlle York, ça commence par Y. »

Pas hilarant, mais suffisamment drôle pour être dit.

Sauf que je n'ai rien dit du tout parce que je n'étais plus en salle d'étude.

J'étais de retour dans le pire endroit du monde.

L'appel

12

Monstres de cristal à tête de chouette

Je connaissais le truc pour survivre mentalement dans l'Ordonnateur : respirer profondément et rester calme.

Alors je me suis dit : « Ne panique pas. Ça va aller. »

Mais, quand ton corps sait qu'il DEVRAIT paniquer, le fait que ton esprit lui dise de ne pas le faire ne fait qu'empirer les choses.

Le corps : « C'est du délire ! Panique ! Panique ! »

L'esprit : « Ne panique pas. Ça va aller. »

Le corps : « Génial, l'esprit aussi est en plein délire ! PANIQUE ! PANIQUE ! PANIQUE ! »

Papa avait raison sur une chose. Ce n'est pas parce que je m'étais déjà retrouvé dans l'espace-temps extradimensionnel que j'y comprenais quelque chose. Et la «peur de l'inconnu» est un simple pique-nique comparée à la terreur de l'incompréhensible.

J'ai regardé la montagne d'objets sous mes pieds : chaises d'écolier, bureaux de professeur, tableaux noirs, matériel audio et vidéo, globes terrestres, corbeilles à papier, taille-crayons, équipement de cafétéria, et des centaines d'autres trucs... Alice avait volé tout ça à l'école entre la 6e et la 5e.

Squeep ! flottait dans l'air sous mon nez, le corps enroulé et la patte toujours tendue vers moi.

J'ai à nouveau tendu la main vers sa patte, en espérant qu'il me ferait partir d'ici.

Mais cette fois il ne s'est pas mordu la queue. À la place, son corps circulaire s'est mis à tourner dans le sens des aiguilles d'une montre. Il nous faisait voyager dans le temps.

De toutes les horribles sensations que l'on éprouve dans l'Ordonnateur, le voyage dans le temps est la pire. C'est la catastrophe garantie.

Si on était remontés dans le passé, les mois et les années auraient filé à toute vitesse, jusqu'à ce que je découvre Alice en train de voler tous ces trucs – mais à l'envers. Des millions d'Alice au visage brouillé, vrombissant autour du tas d'objets comme des abeilles, le démontant peu à peu jusqu'à ce qu'il ne reste rien d'autre que bébé Alice en train de cacher la première chose qu'elle ait jamais volée : un cookie de Grand-Mère.

Mais on n'était pas en train de retourner dans le passé. Squeep ! m'entraînait dans le futur. Je savais que pour aller en arrière il aurait fallu qu'il tourne dans le sens inverse des aiguilles d'une montre. Il ne voulait pas me montrer la naissance de l'Ordonnateur. Il voulait me montrer sa mort.

Je n'avais pas la moindre idée de la distance et de la vitesse de notre voyage dans le futur – des secondes ? des jours ? des années ? – parce que ce qu'il y avait autour de nous ne changeait pas du tout.

Jusqu'à ce que tout se transforme d'un coup.

Les lumières se sont éteintes. Puis des éclairs ont déchiré la pièce, alors que j'entendais le fracas d'énormes destructions partout autour de moi.

Des centaines de bouts de papier voletaient dans l'air, pris dans des rayons de lumière mobiles.

Des projecteurs. Ça ne me disait rien qui vaille. Ils avaient une manière de bouger qui ne me plaisait pas...

J'ai attrapé un des papiers qui flottaient dans l'air. Là, j'ai eu un choc : une photo de Grand-Mère et une autre de moi !

Alors que je fourrais le papier dans ma poche, j'ai entendu un énorme CRUNCH !

Un gigantesque pied de cristal s'est écrasé sur le sol.

Une cheville de la taille d'un tonneau a fait demi-tour et le pied s'est à nouveau soulevé.

Quand j'ai levé les yeux, j'ai découvert un immense portail donnant sur un autre monde.

Puis j'ai à nouveau entendu le bruit d'un pied s'écrasant sur le sol.

J'ai penché la tête en arrière et mes yeux se sont posés sur des jambes en cristal hautes comme des tours, puis sur un torse surmonté d'un unique œil aveuglant. La tête ressemblait à une énorme chouette cyclopéenne perchée sur un buste en cristal.

Le monstre s'est mis à parler. Un beuglement assourdissant.

Je n'ai pas compris grand-chose, à part : « Rends-toi, Happy. »

Je me suis retourné et j'ai détalé. Mais, au bout de seulement quelques foulées, j'ai trébuché sur un tuba qu'Alice avait sûrement volé dans la salle de musique.

Je suis tombé, et j'ai glissé sous un grand piano, le nez dans une pile de partitions.

En jetant un œil de l'autre côté du piano, j'ai vu une pointe de cristal de la taille d'un tronc qui fonçait vers moi.

Je me suis laissé tomber le long d'un énorme tas de livres scolaires. À mi-pente, la tête à l'envers, j'ai vu le bras en forme de pointe s'enfoncer dans le piano.

Mais, au lieu de pulvériser le clavier, le bras a percé la surface de l'espace-temps.

Un éclair de lumière blanche a projeté en l'air la créature, qui s'est retrouvée aspirée dans un point noir au centre de toutes choses.

Je savais que ce point n'était rien d'autre que le micro trou noir – devenu visible par magie... et qui grandissait à vue d'œil.

L'Ordonnateur s'est mis à bouger. Il avait l'air de se dégonfler.

Je me suis agrippé à un pied de bureau comme à une bouée de sauvetage.

La lumière blanche jaillissait en cascades du trou dans le piano. Soudain, quelque chose s'est matérialisé à l'intérieur. Un bras. Un bras d'enfant. De fille. Puis une épaule. Puis une tête aux longs cheveux bruns ondulés.

Nev Everly regardait autour d'elle, sans comprendre.

Ses yeux se sont posés sur moi. Je lui ai crié :

– Accroche-toi à quelque chose !

Elle s'est donc accrochée aux pieds du piano, alors que le reste de son corps achevait de sortir du monde extérieur. Sa chaise de classe a roulé derrière elle, suivie de son bureau, qui a encore agrandi l'ouverture blanche.

Toute une foule d'élèves, de sièges, de tables s'est alors bousculée dans le trou. Dana Mosley, le bureau d'un prof, Jake Harrison, M. Stanley, Doug Melman, une porte et Davina Tyler ont déboulé à travers le point noir central de plus en plus large.

Une ribambelle d'élèves et de morceaux d'école leur a emboîté le pas.

Des planchers fracassés, un mur de casiers, une horloge bloquée sur 11 h 15, des néons fluorescents toujours fixés à des morceaux de plafond. Toutes ces choses se ruaient à la suite de Nev comme un train de marchandises lancé à pleine vitesse. Des briques, des salles de classe entières, des voitures, des arbres. Un car scolaire. Et l'ouverture s'agrandissait au fur et à mesure.

Nev, toujours accrochée au piano, se balançait au bord du gouffre d'où jaillissaient des maisons entières, des autoroutes, des bâtiments, suivis d'immenses nuages de poussière. Des forêts, des montagnes, des villes, des océans et le globe terrestre lui-même passaient à travers le gigantesque trou noir.

– Nev, ai-je crié en tendant la main vers elle.

– Happy !

J'ai tendu les doigts le plus loin possible.

J'ai senti quelque chose ramper sur mon épaule. Squeep !. Sur mon bras, puis sur ma main. Il s'est mis en cercle et a commencé à tourner dans le sens inverse des aiguilles d'une montre. Alors que le temps s'inversait à toute vitesse, il a mordu le bout de sa queue.

– Nev !

– Oui ? m'a répondu la fille assise à côté de moi en salle d'étude.

– Nordon, André ? a dit Mlle York, qui continuait tranquillement à faire l'appel.

– Présent, a répondu André.

– Nowlan, Philip ?

Tout le monde était assis à sa place. La Terre était toujours là, intacte. Les élèves, les bureaux, la classe, la planète, Mlle York, moi... et Nev, qui me regardait parce que je venais de dire son prénom à voix haute.

– Oui ? Qu'est-ce qu'il y a ?

– Euh...

13

Le papier déchiré

– Euh...

Je me suis senti submergé par une vague d'euphorie.

On était tous vivants !

– Qu'est-ce qu'il y a ? a répété Nev, qui, me voyant sourire, souriait aussi.

– Euh... Je peux t'emprunter un crayon ?

– Ah... Oui, bien sûr, m'a-t-elle dit en soulevant son sac à dos de la même couleur que le bracelet de sa montre. Pour maintenant ou toute la journée ?

– Pour maintenant, lui ai-je répondu, en jetant un œil dans mon sac de cours.

Squeep ! avait encore disparu.

– Tiens.

J'ai pris le crayon et je l'ai regardé bêtement, tâchant toujours d'essayer de comprendre ce qui venait de se passer. La Terre entière s'était désintégrée sous mes yeux, et voilà qu'elle était de nouveau là, parfaitement intacte. Aussi réelle que ce crayon, qui semblait être la chose la plus réelle que j'aie jamais tenue dans mes mains. Un Ticonderoga. Un crayon qui sentait la forêt.

– Merci, ai-je dit à Nev – et aussi à l'univers.

Je savais que j'avais toujours un sourire idiot, mais je m'en fichais. On était vivants.

– Pas de problème. Tu t'appelles Happy, c'est ça ? Je peux te demander quelque chose ?

– Bien sûr, lui ai-je répondu avec un grand sourire.

Pourquoi avais-je eu si peur de parler à cette fille ? J'étais entouré de choses terrifiantes, c'est vrai, mais Nev n'en faisait pas partie.

– Tu dois jouer dans la pièce de l'école ?

– Non. Je ne savais même pas qu'il y avait une pièce.

– Alors pourquoi tu es maquillé comme ça ?

– Maquillé ?

– Oui, avec cette fausse barbe de trois jours.

Je me suis touché le menton.

– Ah, ça... Ce n'est pas du maquillage. J'ai juste oublié de me raser ce matin.

– C'est ça... Arrête de mentir !

– C'est vrai ! J'ai vraiment une barbe.

– Nan ? Arrête ! a-t-elle rigolé.

– Demande aux autres, lui ai-je répondu avec un grand sourire. Avant, on m'appelait Barbu Boy. Une fille a même inventé une danse « On-Va-Faire-Pleurer-Barbu-Boy ».

Elle a explosé de rire. Et moi aussi.

Comment avais-je pu me sentir si blessé ? Maintenant, je trouvais ça à mourir de rire.

– Attends, a-t-elle ajouté en plissant les yeux. C'est une blague. Je peux pas croire que tu te rases tous les jours.

– Trois fois par jour, en fait. Sinon, je ressemble à un bûcheron nain.

Elle a encore éclaté de rire, en rejetant la tête en arrière. Son rire était un peu ridicule. Une sorte de « hu-hu » que je trouvais hilarant.

Là, je me suis souvenu à quel point j'étais prêt à tout pour la faire rire, et pourquoi. Je lui ai demandé :

– Tu as déjà un binôme pour le cours de sciences ?

– Non.

– Tu veux qu'on se mette ensemble ?

– OK. Et, comme thème pour notre exposé, on prendra : « Comment se faire pousser une fausse barbe ».

J'ai haussé les épaules en souriant. Je savais qu'elle croyait que tout ça n'était qu'une blague, mais ce n'était pas grave. Être avec elle en sciences ne me semblait plus si compliqué.

– Tu me donnes ton numéro ? m'a-t-elle demandé.

– Je n'ai pas de téléphone. Mais tu n'as qu'à m'envoyer un mail.

– Ça marche.

J'ai sorti une feuille de papier de ma poche, je l'ai déchirée en deux et on y a tous les deux écrit nos adresses mail avec son crayon Ticonderoga.

Elle s'est levée pour rejoindre sa classe.

– À tout'

J'ai hoché la tête.

Pas question de partir avant d'avoir trouvé Squeep !.

Il n'était pas dans mon cartable, mais il avait encore laissé un truc derrière lui. Une chips. Exactement la même que les autres fois.

J'ai regardé le bout de papier où Nev avait noté son mail.

Je l'ai plié. Et, au dos, j'ai vu les photos de Grand-Mère et de moi, avec l'avis de recherche en plusieurs langues, que j'avais pris dans...

Tout ça était bien réel. Et pourtant, d'une certaine façon, ça n'était jamais arrivé.

Alors que je méditais sur cette question, une petite fille avec un bandeau jaune est entrée dans la salle en train de se vider.

Kayla.

Elle avait visiblement couru depuis son école primaire. Mais elle n'était pas rouge du tout ; son visage était aussi blanc que de la mozzarella fraîche, et des larmes coulaient de ses yeux brillants.

– Hap ! m'a-t-elle dit, haletante. C'est horrible ! Comment j'ai pu louper ça ?... Je regardais l'espace, pas la Terre. Et loin dans l'avenir. Alors que c'est ici que ça va arriver. Ici et maintenant ! Pas dans mille ans. Aujourd'hui ! Très bientôt. Oh, non... Je n'arrive même pas à le dire !

– Un trou noir, lui ai-je répondu. Un trou noir va s'ouvrir.

Elle m'a regardé, éberluée.

– Comment tu le sais ?

– Parce que je l'ai vu. Et peut-être même que c'est de ma faute.

DEUXIÈME PARTIE

LE TROU NOIR

14

Angle mort

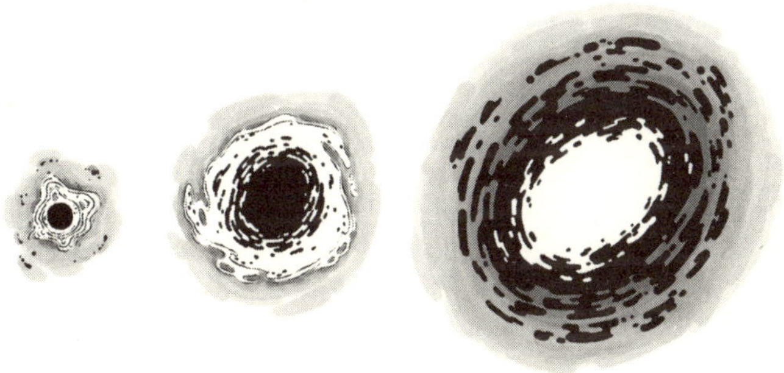

J'ai montré à Kayla l'affiche froissée. J'espérais qu'elle s'y attacherait et qu'elle remonterait sa trace quelques minutes en arrière afin de voir la catastrophe de ses propres yeux.

– Je ne peux rien voir là-dedans, m'a-t-elle rappelé.

– Ah oui, c'est vrai.

Tous les évènements ayant lieu dans l'Ordonnateur se trouvent dans l'angle mort de Kayla et Alphonso. Ils ne peuvent pas les voir.

Je lui ai donc tout raconté. Les flashs de lumière, le portail vers un monde futuriste, le monstre à tête de cristal ; la façon dont il avait crié mon nom et « Rends-toi » avant d'éventrer le piano ; l'explosion de lumière blanche et le trou noir, toujours plus grand, avalant tout – la salle de classe, l'école, notre ville, le monde entier.

– Et, là, tout s'est mis à tourner à l'envers. Très, très vite pendant un instant. Et ensuite... C'était comme si rien ne s'était passé. Je suis revenu en classe. J'étais sûr que c'était une hallucination. Et je suis toujours certain que ça n'est jamais arrivé.

– Pour l'instant ! m'a corrigé Kayla. Tu te trouvais à deux heures et trente-sept minutes dans le futur. À 11 h 15 ce matin, un trou noir va s'ouvrir ici. Au beau milieu de ton école.

– Eh ben alors, il faut qu'on fasse quelque chose ! ai-je piaillé d'une voix étonnamment aiguë. Qu'on tire la sonnette d'alarme et qu'on fasse évacuer l'école ou bien...

– C'est un trou noir, Hap, m'a coupé Kayla. Où voudrais-tu qu'on évacue tout le monde ? Sur Alpha du Centaure ?... Bon, respire un grand coup. J'ai l'impression que tu vas faire un malaise. Respire.

C'est ce que j'ai fait. Et j'ai soudain eu les idées claires.

– Squeep !. Il faut qu'on trouve Squeep !. Ça fait des jours qu'il essaie de me prévenir. C'est ça qu'il voulait me dire !

– C'est lui, le portail ? m'a demandé Kayla.

– Papa dit que c'est impossible. Et pourtant il passe son temps à entrer et sortir à sa guise. Et, chaque fois que je lui demande où est l'Ordonnateur, il me donne ça.

Je lui ai tendu une chips. Quand elle l'a vue, son visage s'est mis à trembler.

Puis elle a poussé un grognement de frustration :

– Si seulement je pouvais voir là-dedans... Bon, on a vraiment besoin de Squeep !. Comment tu le trouves, d'habitude ?

– C'est lui qui me trouve !

– Très bien. Où es-tu censé être, là ?

– En route pour le premier cours de la journée. Sciences.

– Eh bien, allons-y...

Mais, soudain, Kayla m'a pris le bras tellement fort que ça me faisait mal.

– Non, attends ! Quelqu'un d'autre le cherche !

– Oui, lui ai-je répondu. Alice. J'ai essayé de te le dire plus tôt, mais...

– Il ne faut pas qu'elle l'attrape. Et encore moins qu'elle t'attrape, *toi !* Écoute... Tu vas rester là, précisément...

« Ho ho », me suis-je dit. Ce n'est jamais bon signe quand Kayla commence à me donner les détails d'une chorégraphie.

– Tu attends ici jusqu'à ce que tu entendes le bureau se casser, et ensuite tu fonces jusqu'à cette porte et tu files à ton prochain cours. Là où Squeep ! s'attend à te trouver. Et évite Alice, il a peur d'elle.

– Le bureau va se casser ? ai-je demandé.

– Oui. Et, là, tu cours jusqu'à *cette* porte.

Elle m'a désigné la porte de devant tout en regardant celle de derrière, par laquelle venaient d'entrer Alice et Dimitrius.

– Kayla ! s'est écriée Alice. Qu'est-ce que tu fais là ? Tu es dans le coup avec lui ? Toi aussi, tu me voles ?

– Non, Alice, ai-je tenté de lui dire. Il faut que tu nous écoutes ! Quelque chose de vraiment grave va arriv...

– Laisse tomber, Hap, m'a interrompu Kayla. Elle est à nouveau prisonnière de sa maladie. Impossible de la raisonner. Elle ne nous écoute même pas.

– C'est toi qui es *malade !* a rugi Alice. Tu es une voleuse !

– Je les attrape tous les deux ? lui a demandé Dimitrius en s'avançant entre deux rangées de bureaux.

– Oui, a dit Alice, Mais méfie-toi d'elle.

– Me méfier d'elle ? a ricané Dimitrius.

Mais son expression a changé quand Kayla a fait un bond par-dessus sa chaise, et s'est mise à courir vers lui sur les bureaux.

– Attention, a répété Alice. Regarde-la bien.

Dimitrius a tendu un bras aussi long que Kayla tout entière. Au moment où ses doigts ont touché son T-shirt, elle a fait une pirouette latérale et atterri sur la rangée suivante. En tentant de l'attraper, Dimitrius a perdu l'équilibre et s'est écrasé sur un bureau, qui s'est effondré dans un gros CRAAAAAAAC ! comme si on venait de casser une grosse noix entre son corps et le plancher.

Un bureau qui se casse ? À moi de jouer !

Kayla et Alice ont échangé un regard par-dessus les débris laissés par Dimitrius.

« Cours », me suis-je souvenu.

J'ai tourné les talons, et j'ai filé vers le couloir.

15

Comme une flèche

Même si j'étais parvenu à m'enfuir, je sentais une boule d'angoisse tapie au fond de mon ventre.

Ma classe de sciences n'était pas très loin. Au coin du couloir.

La cloche avait-elle déjà sonné ? L'horloge indiquait qu'il me restait une cinquantaine de secondes.

La vue de cette horloge a ravivé l'angoisse. Je l'avais déjà vue, cette horloge, tout comme ces bouts de mur et de plafond. Tout ça était passé sous mon nez dans l'Ordonnateur. L'œil dans mon esprit se souvenait parfaitement de ces images douloureuses. L'horloge qui tournoyait au milieu des papiers, des livres et des étudiants, son cadran bloqué sur 11 h 15, à côté d'un élève figé de stupeur à la vue de son déjeuner s'envolant par morceaux de sa boîte à pique-nique.

Un vieux dicton débile, « Le temps vole comme une flèche, mais on ne peut pas l'emprisonner », est sorti de l'asile de fous niché dans un coin de ma tête pour voleter au beau milieu de mes pensées.

« Arrête ! me suis-je crié en silence. Garde la tête froide. Tu peux encore empêcher le pire. »

Et Squeep ! qui restait introuvable au moment où j'avais le plus besoin de lui...

En même temps, c'était quoi, notre super plan ? Compter sur lui pour faire disparaître un trou noir ? Et comment ? En lui tendant une chips ?

Mais cette chips voulait quand même dire quelque chose. Après tout, j'avais déjà compris que « coquillage » signifiait « Ordonnateur ». Les bidules de Squeep ! étaient des avertissements. Ou peut-être des instructions. J'en avais encore dans la poche de mon cartable. Et j'avais aussi le Décodeur de Bidules. Et si Squeep ! m'avait déjà donné la solution ? Et qu'il suffisait juste que je sois assez malin – et assez calme – pour la déchiffrer ?

La cloche a sonné.

Le temps vole comme une flèche. En entrant dans la classe, j'ai vu tous ces élèves qui couraient partout. Certains avaient été avalés par le trou noir quelques minutes plus tôt – ou allaient l'être quelques heures plus tard, selon la manière dont on regardait les choses. *On ne peut pas emprisonner une flèche.*

Willow Johnansen était assise à côté de Lacy et Paisley, ses deux copines qui la suivaient partout, riaient à la moindre de ses blagues et faisaient tout ce qu'elle leur ordonnait. Ces trois-là s'étaient tellement moquées de moi que le simple fait de les voir me donnait légèrement envie de vomir.

Mais, aujourd'hui, c'était différent.

Aujourd'hui, Willow, Lacy et Paisley n'étaient pas de dégoûtantes petites pestes.

Non, c'était d'extraordinaires, précieuses et merveilleuses petites pestes, qui avaient tout autant le droit que les autres de ne se pas se retrouver vaporisées dans un trou noir avant le cours de sport.

En m'approchant, j'ai remarqué que Willow tenait un truc vert dans le creux de sa main. Un truc qui faisait ricaner Lacy et Paisley. Quand j'ai compris ce que c'était, j'ai failli hurler.

– Vous l'avez trouvé ! ai-je dit en tendant la main vers Squeep !. Vous avez trouvé mon lézard.

– Pas touche, a aboyé Willow, en repoussant ma main. Il n'est pas à toi.

Avant que je puisse répondre, je me suis rendu compte qu'elle avait raison. Ce n'était pas Squeep !. Même s'il lui ressemblait, ce lézard avait l'air plus... ballonné.

– C'est à mon binôme.

– Ton binôme ?

– En fait, Conklin, a dit une voix derrière moi, c'est de moi qu'il s'agit. Qu'est-ce qu'il a encore fait, Willow ?

Felix est venu se poster derrière Willow.

– Il a essayé de me prendre Thor le Fort. Il prétend que c'est *son* lézard !

– Nom d'une pipe, Conklin. Tu es fou, en fait ? Je croyais que tu en avais un, de lézard !

– Le temps vole comme une flèche, ai-je soudain dit à voix haute.

– Hein ? Willow a éclaté de rire. Tu as pété les plombs ou quoi ?

Je suis retourné à ma place. Là, j'ai entendu Felix dire :

– Vous savez qu'il a un lézard imaginaire ?

– Naaan ? se sont exclamées les filles.

– Il est persuadé que c'est un vrai, a continué Felix, alors qu'en fait, c'est juste un coquillage qu'il trimballe partout dans un sac de bowling.

Énormes éclats de rire.

Pris de vertige, je me suis écroulé à ma place près de la fenêtre.

– Ça suffit ! a ordonné Mlle Prince, notre prof de sciences, en se détournant du tableau sur lequel elle était en train d'écrire. Vous vous calmez, les filles. Si vous voulez faire un projet spécial, il va falloir me montrer que vous êtes responsables. Ce qui veut dire aller s'asseoir à sa place tout de suite !

J'ai jeté un œil dans mon cartable. Toujours pas de Squeep !.

Peut-être que j'avais bel et bien des visions. Je me sentais à deux doigts de faire une crise de rire. Ou de larmes. Ou les deux. Bref, comme Kayla me l'avait dit, j'étais tout près de craquer.

Il fallait que je respire un grand coup et que j'arrête de déco...

« Le Décodeur ! » me suis-je dit en tendant la main vers mon cartable.

« Les bidules. Le temps vole comme une flèche. »

J'ai retourné mon cahier de maths et j'ai relu le « Décodeur de Bidules ».

J'ai ouvert la fermeture éclair de la pochette arrière de mon cartable, et j'en ai sorti la capsule, l'œuf de Pâques et la pièce.

J'ai tourné et retourné la capsule dans ma main.

C'était celle de la bouteille de Tamarindo de Kayla et...

Je me suis donné un grand coup sur le front. Comment avais-je pu être aussi stupide ?

C'était ça que voulait dire la capsule : Kayla ! Personne d'autre ne boit ce genre de soda. Squeep ! voulait que je dise quelque chose à Kayla. Oui... mais quoi ?

J'ai pris la pièce et l'œuf de Pâques. Squeep ! me les avait toujours donnés ensemble. Tous les autres bidules arrivaient un par un, mais l'association de la pièce et de l'œuf signifiait forcément quelque chose.

Une pièce plus un œuf de Pâques égalent... quoi ?

Mlle Prince s'était arrêtée de parler. Les élèves s'agitaient dans la classe.

Je me suis à nouveau concentré sur la pièce dans ma main – une pièce de 25 cents ornée du dessin d'un voilier, avec écrit *Rhode Island* côté pile.

Bateau de Pâques ? Non. Œuf à 25 cents ? Non. Voile en chocolat ? Non.

– Salut !

Nev Everly s'est glissée sur le siège à côté de moi.

– Alors, tu as une idée pour notre grand projet scientifique ?

– On ne peut pas arrêter le temps, ai-je murmuré.

– Euh.. Bah oui. Ça se saurait. On ne risque pas de gagner le prix Nobel avec ça, Happy.

Elle a aperçu les bidules sur mon bureau.

– Et ça, c'est quoi ?

– Ça ? C'est une sorte d'énigme. Tu veux m'aider à la résoudre ?

Ella a eu un sourire renfrogné.

– Bon, d'accord... Vas-y, je t'écoute !

J'ai poussé la pièce et l'œuf de Pâques vers elle.

– Beurk ! Il est de l'année dernière, ton œuf?

– Ces deux bidules représentent une sorte d'indice de rébus, lui ai-je expliqué. La pièce plus l'œuf égalent... quoi ?

Elle a ramassé la pièce et a commencé à l'examiner sous toutes les coutures.

Avec un froncement de sourcils, elle s'est penchée vers l'œuf sans le toucher, avant d'examiner à nouveau la pièce.

– *Island*, ça veut dire « île »... L'île de Pâques ? a-t-elle suggéré.

– C'est quoi, ça ?

– Tu sais, cette île du Pacifique avec de grosses statues aux visages allongés.

– Jamais entendu parler.

– Mais si, tu as dû voir des photos. Attends...

Elle a attrapé son téléphone et tapé quelque chose sur le clavier.

– L'Île de Pâques..., ai-je répété en me grattant la barbe.

Nev a levé les yeux de son portable, les yeux écarquillés, et s'est penchée tout près de moi.

– J'hallucine, a-t-elle murmuré. Ta barbe a poussé... Tu as vraiment des poils qui *poussent* sur le *menton !*

– Je te l'avais dit, lui ai-je répondu, amusé de la voir si étonnée.

– J'hallucine !

Elle a approché une main de ma joue.

– Pardon, mais ça t'embête si je...

– Je t'en prie, fais-toi plaisir.

– Mortel ! s'est-elle écriée en passant les doigts sur ma peau. Elle pousse à une vitesse !

– Eh oui, lui ai-je dit, un peu gêné. Mais, d'habitude, je la rase.

– Pourquoi ?

– Parce que, sinon, ça fait flipper tout le monde.

J'ai jeté un œil à Willow, Lacy et Paisley. Elles ne riaient plus. Au contraire : elles regardaient, bouche bée, Nev Everly me caresser la barbe.

J'ai entendu des sirènes retentir au loin, de l'autre côté de la fenêtre.

– Tu ne devrais pas la raser, m'a dit Nev.

– Si, obligé ! J'ai pas envie de ressembler à Merlin l'Enchanteur...

– Taille-la au lieu de la couper. Si elle était un poil plus longue, ça te donnerait des airs de vieux sage. Tu as une tondeuse ?

– Non.

– Y en a des vraiment pas chères. J'en vois tout le temps dans les friperies.

– C'est là que tu achètes tes habits ?

– Oui. Ou sur des sites de fringues vintage. Je n'aime pas porter du neuf.

– Pourquoi ?

– Tous les trucs cool viennent du passé.

Les sirènes résonnaient maintenant tellement fort que des élèves s'étaient levés pour regarder par la fenêtre.

– Ça suffit, est intervenue Mlle Prince. Tout le monde à sa place.

Personne ne l'écoutait. Dehors, deux véhicules de police et deux grosses voitures noires étaient en train de débouler sur Carnegie Avenue dans un crissement de pneus.

Je savais qui c'était.

– Dis donc, c'est la cavalerie qui débarque, m'a dit Nev.

– C'est le FBI, lui ai-je répondu.

– Qu'est-ce qui te fait dire ça ?

Comment les agents avaient-ils su ? Kayla ? Peu probable.

Les agents de la première voiture portaient des costumes noirs, et ceux de la seconde, des parkas bleus avec écrit *FBI* en jaune.

– Waouh, s'est exclamée Nev. Tu as raison. C'est les *Federales !*

L'un des agents en costume était deux fois plus petit que les autres. Ce bon vieux Frank Segar. C'était donc lui qui venait me chercher ?

Sauf que... les agents ne se sont pas dirigés vers notre école, mais vers Central High.

Un grand « Ooooh » s'est élevé dans la classe. Le « Ooooh » que tous les élèves font quand un de leurs camarades de classe a des problèmes. J'ai pensé à Eliza et Beth.

– Comment tu as su que c'était le FBI ? m'a demandé Nev.

– C'est une longue histoire.

– Et si tu me racontais, Barbu-Boy ?

Ça m'a fait rire. Et ça m'a rappelé qu'elle était en train de me montrer quelque chose sur son téléphone.

Un bruit strident, encore plus fort que le hurlement des sirènes, a soudain retenti dans le haut-parleur à l'entrée de la classe. On a eu le droit à la petite musique *ding-dung-dong*, suivie de la voix de la principale.

– Votre attention, s'il vous plaît. Happy Conklin est prié de se rendre dans mon bureau. Happy Conklin, dans mon bureau, tout de suite.

« Ooooh », ont fait les élèves. Tout le monde s'est retourné vers moi.

– Ça suffit, a ordonné Mlle Prince. Tu peux y aller, Happy.

Mais je suis resté assis, en essayant de me souvenir de ce que je devais faire.

– L'Île de Pâques, ai-je murmuré à Nev. Tu as trouvé une photo ?

Nev tenait son téléphone sous la table pour que Mlle Prince ne voie pas qu'elle l'avait sorti en classe. Elle a passé son pouce sur l'écran pour le déverrouiller.

– En route, Happy, m'a sermonné Mlle Prince. Ou faut-il que j'appelle quelqu'un pour t'escorter ?

Toute la classe a fait « Ooooh ».

Mais je n'écoutais pas. Une seule chose m'intéressait : la photo sur le téléphone de Nev.

Devant une mer bleue, sur une île verdoyante, se dressaient d'énormes têtes sculptées. Des têtes qui ressemblaient à l'Empereur Galactique.

16

La place du mort

Je suis resté assis là, paralysé, jusqu'à ce que j'entende Mlle Prince menacer d'appeler la sécurité pour m'escorter.

– J'y vais, ai-je dit, en rangeant mes affaires dans mon cartable. Merci, Nev.

– De rien. Et bonne chance.

Les élèves ont refait « Ooooh » en me voyant me diriger vers la porte. Felix me dévisageait en secouant la tête d'un air consterné.

Après quelques pas dans le couloir, j'ai dû m'appuyer contre un mur de casiers ; mes jambes ne me portaient plus.

Qu'est-ce que Squeep ! tenait autant à me dire ? Que j'étais recherché par l'Empire Galactique, bien sûr ! Non seulement ses sbires m'avaient poursuivi à travers l'Ordonnateur, mais ils connaissaient aussi l'existence de la Terre. Ils étaient déjà venus ! Même si on trouvait le moyen de faire disparaître le trou noir, ils finiraient par me retrouver. Et ils n'hésiteraient pas une seule seconde à désintégrer notre système solaire tout entier pour avoir ma peau... et celle de Grand-Mère.

Qu'ils veuillent la peau de Grand-Mère, je pouvais comprendre. Elle avait quand même essayé de renverser l'Empereur et de régner à sa place sur la galaxie.

Mais *moi*, qu'est-ce que je leur avais fait ?

– Hé, gamin ! a dit une grosse voix. Tu ne devrais pas être au bureau ?

C'était le plus vieux des agents de sécurité. Tous les élèves l'appelaient Père Noël à cause de sa barbe blanche.

– J'y vais. Juste une petite seconde, s'il vous plaît.

– Allez, gamin.

– OK, OK.

J'ai pris les escaliers.

La place du mort

Père Noël m'a accompagné jusqu'au bureau de la principale, au premier étage. Je me concentrais de toutes mes forces pour trouver un plan brillant. Mais tout ce que j'arrivais à faire, c'était tâter mon cartable pour savoir si Squeep ! était réapparu à l'intérieur.

Je n'arrêtais pas de me dire : « Où est-il ? Et où est Kayla ? »

Dès que je suis entré dans le bureau, les secrétaires se sont mises à chuchoter en me regardant.

J'ai jeté un œil à la porte fermée, sur laquelle était inscrit : *Principale Kellogg*

Sur l'une des chaises de la salle d'attente, surnommée la « place du mort », était assis l'élève le plus balèze de l'école – pas Dimitrius, mais un autre joueur de foot américain de 3e, Kenny « le Taureau » Caruso. Tous les membres de l'équipe étaient venus à l'école en maillot, ce qui voulait dire qu'ils avaient un match cet après-midi. À condition qu'il y ait encore un après-midi...

Désolé, tous les amateurs de sport, le match d'aujourd'hui a dû être annulé pour cause de disparition de la Terre, avalée tel un mouton de poussière dans un aspirateur.

– Il est là, a dit une secrétaire au téléphone. D'accord, très bien...

La porte s'est ouverte quelques secondes plus tard.

– Toi, m'a dit la principale en pointant le doigt vers moi. Entre.

Je n'avais encore jamais mis les pieds dans son bureau. J'ai tout de suite remarqué la sono commandée par un système d'interrupteurs qui ne datait pas d'hier. Trois petites cloches étaient disposées sur le bureau. La petite musique, ce n'était donc pas un effet sonore numérique, comme je l'avais toujours pensé, mais la principale qui faisait sonner son carillon avec un maillet en bois. Bizarre.

En me retournant, j'ai découvert quelque chose de bien plus bizarre.

Dimitrius. Avec un pansement sur le front. Debout derrière le bureau de la principale. Et, avant même d'avoir une vague chance de comprendre ce qui se

passait, j'ai vu autre chose en baissant les yeux : Alice. Assise dans le fauteuil de la principale, les mains croisées sur le bureau, avec – bizarrerie suprême – un grand sourire sur le visage. Je me suis écrié :

– C'est quoi, ce délire ?!

– Happy, mon bien-aimé frère, m'a dit Alice avec son sourire sinistre, viens donc t'asseoir.

Elle m'a désigné la chaise en face d'elle.

J'ai jeté un œil à la principale.

– Madame Kellogg, lui a dit Alice. Nous avons besoin de la pièce. Revenez dans cinq minutes.

– Écoute, Alice, lui a-t-elle répondu. Tout ça va trop loin. Tu sais bien que...

– Soyez gentille, Madame Kellogg, l'a interrompue Alice. Ne rendez pas ça plus difficile que ça ne l'est déjà. Ne me forcez pas à faire une annonce à la sono.

– Non ! s'est écriée Mme Kellogg, en virant au rouge. Tu n'oserais pas... Tu...

– Ça ne sera pas long.

D'un air complètement abattu, la principale est sortie de son propre bureau en refermant la porte derrière elle.

– Assieds-toi, Hap, m'a dit à nouveau Alice, toujours avec le même sourire dément en travers du visage. Veux-tu que Dimitrius t'apporte quelque chose à boire ?

– Non, merci, ça ira.

– N'hésite pas, surtout. Tout ce que tu voudras. C'est normal entre frères et sœurs. On est de la même famille, après tout. Ne l'oublie jamais. On fait partie de la même équipe. Tes combats sont mes combats. Il faut qu'on se serre les coudes. C'est ce que Kayla ne comprends pas. Je veux le bien de tout le monde. Ton bien, mon bien, celui du lézard.

– Tu sais que le FBI est là, n'est-ce pas ? lui ai-je dit.

– Non, le FBI est de l'autre côté de la rue. Au lycée. Ça ne nous concerne pas. C'est entre le FBI et Beth.

– Beth ?! me suis-je écrié. Que lui est-il arrivé ?

– Elle va bien, rassure-toi. Nous ne sommes pas là pour parler d'elle.

– Elle a eu une transformation nocturne à l'école ?

– Je te dis que nous ne sommes pas là POUR PARLER DE BETH ! a hurlé Alice en tapant du poing sur la table.

Je n'avais jamais vu un tel air de démence sur son visage. Il fallait que je sorte de là, et vite. J'ai pensé : « Dis oui à tout ce qu'elle te demandera, et file. »

Les yeux fous, elle a respiré un grand coup. Et, petit à petit, le sourire terrifiant est revenu sur son visage.

– Tu as trouvé quelque chose. Quelque chose qui m'appartient, mais que, *toi*, tu as trouvé. Et, en témoignage de ma gratitude, je te promets une belle récompense. Nous irons ensemble dans mon placard, et tu pourras prendre ce que tu veux. Je crois que c'est assez honnête, non ?

– OK ! me suis-je écrié. Ça marche !

– Je ne veux pas de tes « Ça marche ! », a-t-elle grogné. Je veux le lézard ! Et tout de suite.

– Ça marche ! Il faut juste que j'aille le chercher dans mon casier.

– Bien tenté, mais on a déjà fouillé ton casier.

– En fait, il n'est pas *dans* mon casier. C'est moi qui dois être *dans* mon casier pour l'appeler.

Elle me fixait des yeux.

– Dimitrius, a-t-elle dit. Aurais-tu la gentillesse d'escorter mon frère jusqu'à son casier avec le Taureau ?

– Le Taureau ?!

– Ce seront tes deux chaperons jusqu'à ce que le lézard soit en ma possession. Et je l'aurai, Happy. J'ai envoyé tous les agents de sécurité à sa recherche, ainsi que tout le personnel de ménage et l'intégralité de l'équipe de foot. Je l'aurai, crois-moi. La seule question pour toi, c'est : en tireras-tu une récompense ? Ou de la souffrance ? Comme tu es mon frère, ça me ferait vraiment de la peine que ce soit de la souffrance.

17

Mon super pouvoir

Je suis sorti du bureau tel un prisonnier, encadré par Dimitrius à ma gauche et le Taureau Caruso à ma droite.

Je me creusais la tête pour trouver un moyen de leur échapper. Un mensonge brillant ? Une diversion habile ? Un pas de danse élégant ?

C'est alors qu'en levant la tête vers l'horloge accrochée au mur du couloir, j'ai compris qu'il n'était plus temps d'échafauder des plans. 10 h 13.

« Le temps vole comme une flèche, me suis-je dit. Et tu devrais faire la même chose. »

Le seul plan raisonnable était de courir le plus vite possible.

Me retourner et filer.

C'était l'unique solution. Arrêter de tergiverser et tenter ma chance.

Quand je me suis élancé, j'ai senti des mains qui essayaient d'agripper le col de mon t-shirt. J'ai accéléré jusqu'à la cage d'escalier, et j'ai grimpé les marches quatre à quatre, l'arc de ma volonté tout entier bandé par une seule idée :

« Plus vite ! Plus vite ! Plus vite ! »

Et pourtant, malgré leurs poids, les footballeurs m'ont rattrapé.

À mi-chemin de la deuxième volée de marches, Dimitrius m'a saisi par le poignet et tiré en arrière. Il m'a tordu le bras si fort que j'ai senti mes jambes flancher et les larmes monter.

Dimitrius m'a frappé à la tête – du plat de la main, mais le coup était si fort qu'une sorte d'éclair noir m'a traversé les yeux, et que je me suis mis à tourner comme une toupie.

Le Taureau avait l'air de trouver ça très drôle.

J'avais entendu dire que le Taureau avait infligé tellement de blessures à ses adversaires sur le terrain qu'on avait donné son nom à une aile de l'hôpital pour enfants.

Mais bon, ce n'était sans doute qu'une rumeur.

– Ha ha ! attends, à mon tour.

Il m'a flanqué sa main de la taille d'un rôti en travers de la tête.

Chacun de ses doigts m'a fait l'effet d'une clef à molette. Cette fois, l'éclair noir était constellé de petites étoiles brillantes, alors que ma bouche négociait avec mon estomac pour ne pas vomir.

L'espace d'une seconde, j'ai cru que j'étais devenu sourd. Jusqu'à ce que des sons atteignent à nouveau mes oreilles sous la forme de deux imbéciles pliés de rire au-dessus de moi.

– On devrait y aller, a dit Dimitrius.

– Oh, allez, encore un ou deux petits coups.

– Bon, OK. Mais pas un de plus !

– Zéro de plus, ai-je supplié. S'il vous plaît.

– Excusez-moi, a dit une voix de fille en nous dépassant par la droite dans les escaliers.

J'étais tellement sonné que Dimitrius a reconnu Kayla avant moi.

– C'est ELLE ! s'est-il mis à beugler. Chope-la !

Le Taureau s'est élancé telle une bête préhistorique.

Volant au-dessus de l'escalier, les bras en avant, il a rattrapé ma sœur d'un bond. Kayla, à ma grande surprise, s'est mise en boule et a roulé en arrière sur les marches. Le Taureau s'est tellement étiré pour l'attraper que son crâne a fracassé la rampe d'escalier.

Sa tête a rebondi, envoyant valser en arrière son énorme corps, qui s'est alors mis à tanguer, avant de basculer droit sur nous.

Dimitrius a plongé sur la gauche.

Je suis resté figé, alors que Kayla plantait ses pieds dans les flancs du Taureau, le faisant très légèrement dévier de sa trajectoire afin qu'il s'écrase pile sur Dimitrius. Les deux géants ont dévalé les marches dans un amas de bras et de jambes gigotant dans tous les sens.

– On y va, m'a dit Kayla en m'attrapant par le poignet.

On a grimpé à l'étage suivant, jusqu'au couloir du second, où Kayla m'a poussé à l'intérieur d'une salle vide.

– Ta mousse à raser et ton rasoir, m'a-t-elle ordonné. Vite !

– Où est-ce que tu étais passée ?

– J'ai dû retourner chercher quelque chose à Acorn Lane, m'a-t-elle répondu en ouvrant son sac jaune. Le rasoir, dépêche !

– À l'école primaire ? lui ai-je demandé en ouvrant la pochette extérieure de mon cartable. Pourquoi tu... Bon sang ! Tu l'as trouvé ! Tu l'as...

Mais, là, j'ai réalisé que le lézard qu'elle venait de sortir de son sac n'était pas Squeep ! Il portait des lunettes vertes et une moustache.

– Florida Pete ! me suis-je écrié.

– Chuuut ! Oui. Maintenant, donne-moi ton rasoir. Il faut qu'on le rase pour faire croire à Alice que c'est Squeep !

– Impossible de raser une moustache aussi épaisse avec un rasoir. Il nous faudrait des...

J'ai repéré une paire de ciseaux sur une étagère. Je l'ai attrapée et suis revenu m'accroupir à côté de Kayla, et j'ai commencé à couper la moustache de Pete.

– Je suis censé comprendre tout seul comme un grand pourquoi on fait ça ?

– Squeep ! a peur d'Alice. Je crois que c'est pour ça qu'il ne se montre pas. Si on arrive à la convaincre qu'elle a réussi à l'attraper, le vrai Squeep ! se sentira suffisamment en sécurité pour montrer son nez. Et il pourra nous aider à faire disparaître le trou noir.

– C'est ton vrai plan, Kayla ? Ou celui auquel tu voudrais me faire croire ?

– Hé ho, comme ça, toi aussi tu seras débarrassé d'Alice. Il faut que tu sois au cours de musique de 10 h 50. C'est le plus important. Alice ne doit surtout pas t'en empêcher ; on doit tout faire pour l'arrêter.

– Avec un faux lézard ?! me suis-je exclamé en continuant à couper la moustache. On ne pourrait pas plutôt lui dire la vérité ?

– Tu l'as vue. Quand elle est comme ça, le seul moyen de lui dire la vérité, c'est de lui mentir, et le seul moyen de lui mentir, c'est de lui dire la vérité.

Kayla a retiré les Lunettes Parfaites du nez de Florida Pete, les a repliées et rangées dans la poche de son pantalon.

– Est-ce qu'il ne risque pas de se retransformer en Pete le catcheur sans ses lunettes ? ai-je demandé.

– Pas si le monde disparaît dans quarante minutes.

Maintenant qu'il ne restait que quelques poils de la moustache de Pete, j'ai mis la main dans la pochette de mon cartable pour en sortir la mousse et le rasoir.

J'ai jeté un œil aux bidules à l'intérieur.

– Kayla, ai-je dit à ma sœur, tout en étalant soigneusement une poignée de mousse entre le nez et les coins de la bouche de Pete. Je crois que j'ai déchiffré l'un des messages que Squeep ! essayait de me faire passer. Tu connais l'île de Pâques ?

– Ouais, m'a-t-elle répondu d'un air maussade. L'Empire Galactique est venu y faire un tour il y a neuf cent trente et un ans.

– Tu savais qu'ils connaissaient la Terre ?!

– Bah oui. Mais bon, ils ne se sont jamais trop intéressés à nous. Nous sommes trop primitifs. Notre système solaire n'est qu'une arrière-cour pour eux.

Ou, en tout cas, n'*était* qu'une arrière-cour... Jusqu'à ce que Grand-Mère leur déclare la guerre.

– Mais moi, je n'ai déclaré la guerre à personne ! Qu'est-ce qu'ils me veulent ? Pourquoi mon visage est aussi sur les affiches ?

– Aucune idée. Il y a des endroits de la galaxie que je ne peux pas voir. Mais quand même... Tu as aidé Grand-Mère, la dernière fois.

– Le temps d'un combat de catch ! Un seul ! me suis-je écrié. Ils comptent tous nous désintégrer à cause d'un pauvre petit combat de catch ?!

– Commençons par nous occuper de ce trou noir, m'a dit Kayla. Ensuite, on s'occupera de l'Empire Galactique. Tu as bientôt fini ?

– Oui, ai-je dit en donnant le dernier coup de rasoir à Pete.

Kayla examinait soigneusement mon travail pendant que j'essuyais les restes de mousse.

– Tu es doué, m'a-t-elle félicité.

– Je commence à avoir l'habitude. C'est mon seul superpouvoir. Et on va où, maintenant ? lui ai-je demandé en la suivant dans le couloir.

– Tu vas livrer Pete à un agent de sécurité, qui l'apportera à Alice, m'a-t-elle répondu en me rendant le lézard. Moi, je m'occuperai des deux larbins en maillot. On se retrouve devant la salle de musique après la sonnerie.

– Les larbins en maillot ?

– Exactement. Ils seront là d'une minute à l'autre. Appuie-toi contre le mur pour qu'ils ne te voient pas. Ils entrent, tu sors. Compris ?

– Je n'en sais rien, lui ai-je répondu en m'appuyant contre le mur. Je ne suis pas sûr de comprendre quoi que ce soit !

Au moment où Kayla me tournait le dos et prenait la pause d'une petite fille innocente perdue dans ses rêveries, j'ai entendu une voix crier dans le couloir :

– La voilà !

Les deux larbins ont ouvert la porte d'un coup d'épaule. Dimitrius et le Taureau – la tête esquintée par sa rencontre avec une rampe d'escalier – ont foncé droit sur Kayla.

Tandis que la porte se refermait derrière eux, je me suis glissé dehors et j'ai grimpé les marches jusqu'au troisième étage.

18

Ce bon vieux Pete

Attendez ?! Est-ce que Kayla m'avait bien demandé de *monter* les escaliers ?

Tout ce qu'elle m'avait dit, c'était de remettre Pete à un agent de sécurité. Mais j'avais supposé que, forcément, c'était au troisième et pas au premier.

J'ai regardé le lézard dans mes mains. Pete se passait la langue au-dessus de la lèvre.

– Désolé pour la moustache, mon pote. C'est temporaire... J'espère, en tout cas.

J'ai poussé la porte du couloir du troisième.

– Écoute, je sais que tu voulais prendre ta retraite. Mais j'ai besoin de toi pour un dernier boulot. On ne te l'aurait pas demandé si ce n'était pas important.

Pete a cligné les yeux d'un air sceptique.

– T'as raison. On ne t'a pas vraiment « demandé ». Mais je te promets que ce ne sera pas grand-chose. Tu ne devras pas redevenir humain, et encore moins te battre ou tuer des gens. D'ailleurs, ça m'arrangerait que tu évites ! Tout ce que tu as à faire, c'est rester le lézard que tu es, pour faire croire à Alice que tu es Squeep !. Comme ça...

Pete me regardait fixement.

– OK, j'avoue que moi non plus, je ne comprends pas tout. Mais, en général, Kayla sait ce qu'elle dit. Même si là... C'est vrai qu'elle ne peut pas voir dans l'Ordonnateur. Donc elle y va un peu à l'aveuglette. Mais bon, l'essentiel, c'est que...

La porte des toilettes des garçons s'est brusquement ouverte devant moi.

Je me suis aplati contre le mur en me faisant le plus petit possible.

– Chut, ai-je murmuré à Pete.

Un agent de sécurité est sorti. Pas Père Noël, mais un autre, plus jeune, dont je ne connaissais pas le surnom.

J'étais à peu près sûr que c'était l'agent que Kayla avait mentionné. J'ai décidé de lui livrer Pete.

Sauf qu'il avait *déjà* un lézard entre les mains !

Squeep !? Non, ses yeux étaient trop exorbités, trop vides ; son corps, trop... gonflé. C'était Thor le Fort, bien sûr.

L'agent l'avait enroulé dans des feuilles de papier toilette toutes mouillées, comme s'il venait de lui donner un bain dans un lavabo.

Il se dirigeait vers l'escalier central.

Je l'ai suivi, mais je me suis arrêté après quelques pas : en fait, je ne savais pas quoi faire.

Aller le voir avec Pete ? Et lui dire quoi ? « Ça vous dit, un autre lézard ? »

L'agent a disparu dans la cage d'escalier.

Qu'est-ce que Kayla ferait à ma place ?

J'ai regardé Pete, comme s'il était en mesure de me donner un conseil.

– Une idée ?

Pete a levé les yeux, paniqué, avant de se recroqueviller dans la paume de ma main.

– Rends-le-moi ! a hurlé Felix, en tirant Pete par la queue.

– Arrête, Felix !

– En fait, c'est quoi, ton problème, Conklin ?

Il serrait Pete comme un bébé.

– Je le laisse une minute pour qu'il fasse ses petites affaires et tu en profites pour me le piquer ?!

– Je ne te l'ai pas piqué...

J'ai fait un pas en avant.

– Tout simplement parce que ce n'est pas Thor le Fort. Regarde-le !

– Ne t'approche pas de nous !

Il a fait un pas en arrière.

– C'est Pete ! Pete le lézard, pas Thor. Rends-le-moi !

– Tu es fou, en fait, Conklin ! m'a-t-il dit en faisant un autre pas en arrière. Un fou dangereux.

– Je lui ai rasé la moustache. Avec mon rasoir. Thor n'a pas de moustache, comment j'aurais pu la couper ?!

– Ne t'approche pas de nous ! a répété Felix en agitant son sac pour m'empêcher d'approcher, tout en tenant Pete le plus loin possible de moi.

– Il n'a même pas le ventre gonflé !

J'essayais d'éviter les coups de cartable.

– Regarde-le. Ce n'est pas Pete ! Non, pardon... Je veux dire... Ce n'est pas Squeep !. Euh, non, ce n'est pas...

– Je vais appeler la police. Un pas de plus et j'appelle la police !

Du coin de l'œil, j'ai aperçu un gros truc qui fonçait vers nous à toute vitesse. Un maillot de foot blanc. Un type blond a tendu la bras gauche et arraché le lézard de la main de Felix.

Felix fixait sa paume vide, éberlué.

Il a levé les yeux vers le sprinteur, en bredouillant des « en fait »... « en fait »...

– Ce n'était pas Thor, lui ai-je dit.

Sans même me regarder, il s'est retourné, s'est lancé à la poursuite du footballeur et a tiré un téléphone de sa poche.

19

Ragots

Se dirigeait-on droit vers la catastrophe intersidérale ? Ou Kayla avait-elle tout prévu ? Je penchais clairement pour la première option.

Alors que je fonçais au rendez-vous avec ma petite sœur devant la salle de musique, la cloche a sonné.

Le couloir était rempli d'élèves qui passaient d'une classe à l'autre, bavardaient, rigolaient, se disputaient, faisaient les idiots... tout ça dans l'ignorance bienheureuse de ce qui allait se passer – de ce que j'avais *déjà* vu se passer.

Ça me rendait jaloux. Pourquoi moi, je savais, et pas eux ?

– T'as entendu l'histoire du cheval ? a dit une fille à une copine.

Un peu plus loin, j'ai entendu une autre fille parler d'un cheval.

Puis un garçon.

Apparemment, un savoureux ragot était en train de circuler dans les couloirs. J'étais émerveillé par la frivolité de leurs préoccupations. Parler d'un cheval dans un moment pareil !

Je me suis arrêté pas très loin de la salle de musique et j'ai cherché Kayla. Elle m'avait dit de la retrouver devant la porte, mais je préférais garder mes distances pour éviter de croiser d'éventuelles connaissances. Je n'étais pas d'humeur à bavarder.

Kayla m'avait dit que je devais impérativement me rendre au cours de musique. Pourquoi ?

Je me suis souvenu du piano dans l'Ordonnateur. Je me suis revu assis sur une pile de trucs volés par Alice dans la salle de musique. J'ai songé aux étranges correspondances entre le monde normal et ce monde intérieur distordu, bâti sur le secret et l'avidité.

On m'a tapoté le bras.

– Hé, toi.

Willow Johansen était plantée devant moi.

– Il faut que je te parle.

– Euh...

Je guettais Kayla par-dessus son épaule.

– Tu ne peux pas te mettre avec Nev Everly en sciences.

– Ah bon ? Pourquoi ?

– Nev et toi ? Tu rêves. Redescends sur terre, Hap. Elle est trop bien pour toi.

– Qu'est-ce que tu racontes ?

– Mais tu peux te mettre avec Paisley si tu veux. Elle s'était mise avec Lacy, mais Lacy a accepté de se mettre avec Nev. Donc, tu peux te mettre avec Paisley.

– Hein ? Jamais de la vie ! C'est moi qui suis avec Nev !

– En tout cas, tu ne danseras pas avec elle.

– Pourquoi voudrais-tu que je danse avec elle ?!

– Au bal de l'école, idiot !

– Mais c'est déjà passé ! Et, de toute façon, les sixièmes ne sont pas invités. C'est à partir de la 5e...

– Je te parle de celui de l'année prochaine. Tu dois être le cavalier de Paisley.

– Mais elle me déteste !

– Peut-être, mais elle est en larmes, là. À cause de toi, de Nev et de son doigt de pied palmé.

– Le doigt de pied palmé de Nev ?

– Mais non, de Paisley ! Elle a un doigt de pied palmé au pied droit. Et tu es le seul élève de la classe avec un truc pas normal. Si tu ne l'invites pas au bal, personne ne le fera.

– Un truc pas normal ?

– Franchement, Hap, qui, à part Paisley, accepterait de sortir avec toi ?

J'en étais à me demander si la disparition de la Terre dans un trou noir serait une si mauvaise chose.

– Et maintenant elle pleure, a continué Willow. J'espère que tu es content de toi.

– Mais je n'ai rien fait !

– Johansen, a crié une voix d'adulte. Willow Johansen !

Mlle Prince, notre prof de sciences, s'est approchée de nous, l'air sévère.

– Je ne suis pas très contente, Willow. Je t'ai accordé une autorisation spéciale à la condition que tu te comportes de manière responsable. Tu appelles ça te comporter de manière responsable ?

– Qu'est-ce que j'ai fait ? a gémi Willow.

– Tu te souviens de ton projet scientifique ? Tu n'en aurais pas laissé une partie dans ma salle de classe ? Une partie importante ?

– Comment ça ? s'est étranglée Willow.

Mlle Prince a plongé la main dans la poche de son gilet, et en a sorti un lézard qu'elle a agité sous le nez de Willow.

– Tu ne crois quand même pas que je vais vous laisser, toi et Felix, poursuivre ce projet si vous n'êtes pas capa...

Le mot s'est figé sur ses lèvres : je lui ai arraché le lézard des mains.

Bouche bée, les yeux écarquillés, Willow et Mlle Prince m'ont regardé m'enfuir avec Squeep !.

J'ai entendu leurs cris monter comme des sirènes de police, attirant tous les regards sur moi, alors que je m'enfuyais à l'opposé de la salle de musique.

20

Le sac à dos jaune

Au coin du couloir, j'ai manqué de percuter Père Noël, l'agent de sécurité. Une étincelle s'est allumée dans ses yeux quand il a vu Squeep ! dans mes bras.

Il s'est jeté sur moi au moment où je le dépassais ; sa grande main ornée d'une alliance a raté mon oreille d'un poil.

Je l'ai entendu se lancer à ma poursuite. Le bruit de ses chaussures, de sa respiration saccadée... de plus en plus près...

Je me suis dit : « Je devrais quand même arriver à semer ce vieux monsieur. »

Mais le vieux monsieur tenait la forme.

Il a plongé dans mes jambes ; sa tête s'est écrasée sur mon dos ; j'ai perdu l'équilibre et envoyé Squeep ! valdinguer dans les airs.

Mon lézard s'est envolé vers le plafond. Il a grimacé en me voyant dégommer cinq élèves comme des quilles. J'essayais de ne pas perdre Squeep ! des yeux, alors qu'il commençait à redescendre. Son corps s'est mis à tourner dans le sens inverse des aiguilles d'une montre pile au moment où il atterrissait dans les mains ouvertes de Kayla.

Elle a délicatement amorti sa chute d'un mouvement de bras, alors que, de mon côté, j'étais vautré par terre comme une crêpe, au beau milieu d'un éboulement d'élèves menaçant de s'effondrer sur moi.

J'ai réussi à garder les yeux ouverts, malgré la chaussure qui me labourait la tête.

J'ai vu Kayla fourrer Squeep ! dans son sac à dos jaune, tirer la fermeture éclair presque entièrement, attraper le sac par la poignée du dessus et disparaître au coin du couloir... d'où j'ai entendu une voix crier :

– Ne bouge plus, Kayla ! Par terre, les mains dans le dos.

Le sac à dos est réapparu, glissant sur le sol, avant

de s'immobiliser à une dizaine de mètres de l'endroit où j'étais affalé sur une pile d'élèves.

Kayla l'a suivi. Elle a trébuché en essayant d'échapper à un type costaud, habillé d'une parka du FBI. L'agent a tendu la main pour lui attraper le poignet.

Kayla a brusquement changé de direction, effectuant une vrille vers le sol. L'agent, visiblement surpris, s'est jeté sur elle, tête la première. Mais les chaussures au bout de ses longues jambes se sont cognées contre les casiers dans un bruit métallique.

Avant que Kayla ne se remette sur ses pieds, deux autres agents du FBI lui sont tombés dessus. Elle est parvenue à leur passer entre les jambes, si bien que les deux hommes se sont emmêlé les pinceaux et sont tombés à la renverse.

Kayla avait maintenant quatre autres agents sur le dos. Puis cinq. Puis six. J'ai vu un éclair de panique dans ses yeux. Elle a esquivé la prise de l'un d'entre eux, mais n'a rien pu faire contre les deux suivants.

Trois hommes se sont jetés sur elle et lui ont tordu les bras dans le dos.

Un petit agent en costume a sauté au milieu de la mêlée, une paire de menottes métalliques à la main.

Kayla a hurlé « NON ! » alors que l'inspecteur Frank Segar lui passait les menottes.

– Enfermez-la dans la voiture, a crié Frank à l'agente blonde en train de soulever ma petite sœur. Et attachez-la bien !

Alors que la femme l'emportait, Kayla ne quittait pas son sac jaune des yeux. Nos regards se sont croisés un instant juste avant qu'elle disparaisse au coin du couloir.

– Évacuez-moi ces couloirs ! a ordonné Frank en attrapant le talkie-walkie à sa ceinture. Situation d'urgence, les enfants ! Tout le monde dans sa classe ! Personne n'est autorisé à en sortir jusqu'à nouvel ordre.

– Unité un, Unité un, ici le chef d'équipe, a dit Frank dans son talkie-walkie. Kayla Conklin a été arrêtée, mais Beth Conklin est toujours dans la nature. Je répète : la cible est toujours dans la nature. Soyez extrêmement prudents en cas de confrontation... Hé, vous, l'agent de sécurité ! Faites rentrer ces enfants !

– Très bien. Vous avez entendu le monsieur ? a dit Père Noël. Tout le monde rentre.

Alors que mes camarades se levaient un par un, je gardai mon visage collé au sol. Je voulais à tout prix éviter d'être repéré par Frank. Je pouvais voir ses chaussures d'agent du FBI taille 37 d'un noir luisant juste à côté du sac à dos de Kayla, où quelque chose gigotait sous la toile jaune.

– Messieurs, a glapi une voix familière. En fait, Messieurs...

Felix s'est avancé au beau milieu des agents en agitant les mains.

– En fait, Messieurs, c'est moi qui ai appelé la police. C'est moi la victime. On m'a volé quelque chose. Et le coupable est allongé par terre, ici même !

Felix m'a désigné du doigt. J'ai enfoncé mon visage dans le sol.

– Il a un complice. Le numéro 14 de l'équipe de football américain. Le suspect a été aperçu pour la dernière fois à...

– Silence ! a crié Frank. Et retourne en classe, avant que je t'y envoie à coups de pied aux fesses !

Frank s'est dirigé vers moi.

– En fait, Monsieur..., a continué Felix.

Alors que les chaussures de Frank approchaient, un bruit à l'autre bout du couloir a attiré mon attention.

Quatre pattes de cheval au galop. Le *cata clop cata clop* des sabots sur le parquet.

J'ai levé les yeux juste à temps pour voir l'animal entier me dépasser en un éclair.

Je me suis demandé si je n'avais pas reçu un peu trop de coups sur la tête...

Non. Les agents aussi l'avaient vu ; et ils se sont mis à crier :

– Elle est là, Monsieur !

– À six heures, Monsieur ! Elle est là ! À six heures !

– *Go ! Go ! Go !*

Un troupeau de chaussures noires s'est rué dans le couloir à la poursuite du cheval.

Felix leur a emboîté le pas en agitant les bras et en piaillant :

– En fait, Messieurs... ! En fait... !

Je me suis dirigé vers le sac à dos. D'abord en me traînant sur le ventre ; parce que j'avais toujours peur d'être repéré, et aussi parce que ma jambe gauche me faisait atrocement mal. Puis je me suis légèrement redressé, et je me suis mis à ramper. Tout doucement, au début ; puis un peu plus vite.

Comme un lézard sur des dalles.

Au moment où j'allais attraper le sac, une main s'en est emparée et l'a soulevé du sol.

J'ai échangé un bref regard avec Dimitrius. Puis il a tourné les talons et s'est enfui avec le sac de Kayla.

21

Coup de théâtre

J'ai boitillé aussi vite que possible à la poursuite de numéro 7, le long du couloir où je lui avais déjà couru après pour lui rendre son portefeuille. Et, comme lors de notre première rencontre, Dimitrius m'a semé les doigts dans le nez.

Quand il a tourné à droite en direction du gymnase, je me suis retrouvé tout seul. Le silence était presque effrayant après toute cette hystérie.

Soudain, une suite de *bang* ! a retenti.

Ça venait de l'atelier – une sorte de martèlement sur les grosses portes en acier, comme si un animal ruait dans les brancards pour se libérer.

J'ai jeté un œil à travers l'étroite lucarne. J'y ai vu la dame blonde qui avait arrêté Kayla.

Rouge de colère, elle martelait de coups de poing la porte fermée à double tour.

À l'instant où elle a remarqué ma présence, elle s'est mise à hurler des gros mots.

J'ai poursuivi mon chemin.

Au coin du couloir, je suis tombé sur Dimitrius, étalé par terre. Il se tenait le ventre, complètement asphyxié.

Pas de trace du sac à dos. J'ai suivi le regard de Dimitrius.

Vingt mètres plus loin, Kayla, les mains toujours menottées dans le dos, titubait comme un ivrogne.

Je me suis ruée vers elle. Elle tenait son sac dans la bouche par la bride.

– Kayla, ai-je crié, hors d'haleine. Kayla, attends !

Elle s'est tournée vers moi. Elle avait un vilain bleu sur le front. Il y avait dans ses yeux quelque chose d'un peu étourdi, d'un peu endormi, de pas du tout Kayla.

– Qu'est-ce qui s'est passé, Kayla ?

– Ai u om'é u a ête.

J'ai retiré le sac de sa bouche.

– J'ai dû tomber sur la tête.

Elle avait surtout l'air à deux doigts de tomber dans les pommes !

– Viens, lui ai-je dit en l'entraînant vers une classe vide. Mieux vaut ne pas traîner dans le couloir.

J'ai jeté un œil à Dimitrius. Il nous regardait, toujours étendu par terre, un téléphone à la main.

J'ai refermé la porte derrière nous.

– Dis-moi que tout ça fait partie de ton plan !

– Je ne m'en souviens pas.

Elle clignait les yeux.

– Ça tourne. J'ai envie de vomir.

– Super, ai-je soupiré en ouvrant le sac à dos. En tout cas, plan ou pas, on a quelque chose à faire.

J'ai sorti Squeep !.

– Salut, mon grand. C'est l'heure du grand saut.

– Non, pas ici ! Il faut que ce soit en salle de musique pour que tout soit parfaitement aligné.

– Comment ça, « aligné » ?

– Il faut que tu sois là où...

Les mots se sont étranglés dans sa gorge.

– Oh, non ! Ce n'est pas Squeep !

– Hein ? Bien sûr que si !

J'ai regardé le lézard : il n'arrêtait pas de se passer la langue au-dessus de la lèvre. Là où aurait dû se trouver sa moustache.

– C'est Pete ! s'est écrié Kayla. Oh, non ! Non ! NON !

Elle avait l'air à deux doigts de fondre en larmes.

– Mais alors où est Squeep !?

– Je crois que c'est Alice qui l'a... Hap, il faut à tout prix l'empêcher de retourner dans l'Ordonnateur ! Ça ne doit arriver à aucun prix.

– Ça n'arrivera pas, l'ai-je rassuré. Elle ne sait pas comment faire. Il faudrait que Squeep ! mette la queue dans sa bouche. Elle ne trouvera jamais toute seu...

Kayla a bondi et m'a posé sa main sur la bouche pour m'empêcher de parler.

Mais c'était trop tard. Elle a tourné les yeux vers un endroit précis de la salle vide : les haut-parleurs fixés aux murs.

– Alice ne peut quand même pas nous entendre à travers ce truc ? ai-je dit.

J'ai entendu un grésillement, un écho perçant, puis une voix moqueuse et tonitruante :

– Alice ne peut quand même pas nous entendre à travers ce truc ? Ouah ha ha ha ! rigolait la voix amplifiée d'Alice. « Alice ne peut quand même pas nous entendre à travers ce truc ? »... Merci mille fois, Hap ! Tu as entièrement raison : je n'aurais jamais trouvé toute seule. Ton copain est avec moi, et jusque-là il ne s'est pas montré très coopératif. Hein, Squeep !?

Je me suis souvenu de Dimitrius, allongé par terre dans le couloir, son téléphone à la main. Il avait dû lui dire dans quelle salle on était entrés.

– Ha ha, hein, Squeep !? Hein, Squeep !? HA HA HA !

Alice a éclaté d'un rire hystérique, à mi-chemin entre la joie et la folie.

22

Bagarre de sœurs

Je lui ai crié :

– Non, Alice ! Tu ne comprends pas ! Tu ne comprends pas ! Il faut nous croire. On...

Kayla m'a donné un petit coup de coude de l'un de ses bras menottés.

– Viens, m'a-t-elle murmuré. Il faut qu'on y aille.

J'étais stupéfait de voir à quel point elle était redevenue elle-même, tout à coup. Plus d'étourdissement, plus de panique... Elle avait presque l'air soulagée.

Je lui ai lancé un regard en coin alors qu'on courait dans le couloir.

– Je ne peux pas encore te répondre, m'a dit Kayla.

– Tu veux dire au sujet de ce qui vient de se passer ?

Là, je me suis rendu compte qu'elle esquivait mes questions avant même que je ne les pose.

Je me suis souvenu de ce qu'elle m'avait dit au sujet d'Alice : « Quand elle est comme ça, le seul moyen de lui dire la vérité, c'est de lui mentir, et le seul moyen de lui mentir, c'est de lui dire la vérité. »

Kayla a fait un bond sans même s'arrêter de courir. Elle a fait passer la chaîne sous ses pieds, comme s'il s'agissait d'une corde à sauter. Quand elle est retombée, ses menottes n'étaient plus derrière, mais devant.

– Passe-moi Pete et le sac.

Je me suis exécuté.

Elle a mis le premier dans le second, puis m'a rendu la chips que je lui avais donnée le matin – comme si tout ça tombait sous le sens.

– Maintenant, dépêche-toi de retourner en classe de musique. Et arrête de me poser des questions. On n'a plus le temps.

À l'instant où elle a prononcé le mot « temps », j'ai entendu un *fiiiiou !*

J'ai senti quelque chose filer entre nous, puis se ficher dans le mur à deux doigts de l'extincteur.

J'avais du mal à en croire mes yeux...

Une flèche.

Une flèche d'arc. Une flèche qui vole comme le temps.

Kayla a fait un pas vers moi.

– J'ai rêvé ou c'était une flèche ?

– Tu n'as pas rêvé, m'a-t-elle répondu en décrochant l'extincteur en métal rouge fixé au mur. C'est Beth qui a rêvé...

C'est là que je l'ai vu, à côté du gymnase.

Un guerrier mongol. Monté sur un cheval gigantesque, il tirait une nouvelle flèche du carquois dans son dos.

– Gengis Khan ! Beth s'est transformée en Gengis Khan ?!

Fiiiiou ! Une autre flèche s'est envolée vers moi. Kayla a attrapé l'extincteur par son tuyau noir et l'a fait tournoyer devant elle.

Clang ! La flèche a rebondi sur l'extincteur.

– Ouais ! s'est-elle exclamée. Maintenant, file en salle de musique avant qu'elle nous tue.

Au moment où je tournais les talons, Gengis Khan a décoché trois flèches supplémentaires.

Fiiiou ! Fiiiou ! Fiiiou !

Kayla a exécuté une roulade avant, en brandissant l'extincteur devant elle en guise de bouclier. Les deux premières flèches ont ricoché sur le métal alors que Kayla se réceptionnait sur les genoux, les bras en l'air, si bien que la troisième flèche a brisé la chaîne de ses menottes dans une gerbe d'étincelles.

Gengis Khan a poussé un grognement.

Kayla s'est ruée sur lui en faisant tournoyer l'extincteur au-dessus de sa tête.

Gengis a éperonné sa monture et chargé furieusement. Il a décoché une volée de flèches :

Fiiiou ! Fiiiou ! Fiiiou ! Fiiiou ! Fiiiou ! Fiiiou ! Fiiiou ! Fiiiou ! Fiiiou !

Je me suis mis à courir aussi vite que possible. Avec, au fond de l'estomac, cette légère nausée qui m'assaillait chaque fois que mes sœurs se bagarraient.

En filant dans le couloir vers la salle de musique, j'ai vu que l'horloge indiquait 11 h 03.

Pourquoi Kayla voulait-elle qu'Alice retourne dans l'Ordonnateur ?

Si elle pensait qu'Alice allait arrêter le trou noir, elle se trompait lourdement.

Et qu'aurait pu faire Alice contre les monstres de cristal géants ? Et Kayla, d'ailleurs, qu'aurait-elle pu faire ? Squeep ! lui-même n'avait rien pu faire. C'est pour cette raison que c'est à *moi* qu'il avait demandé de l'aide.

À *moi !*

C'est moi que les monstres de cristal pourchassaient. Et j'étais le seul à avoir une chance de les arrêter.

Mais comment retourner là-bas sans Squeep ! ?

J'ai regardé la chips dans ma main.

Saleté d'énigmes !

Qu'est-ce que ça pouvait bien vouloir dire ?

23

En cours de musique

Arriver en retard au cours de musique de M. Stanley n'était pas un problème.

Personne ne m'a remarqué quand je me suis glissé à l'intérieur de la salle.

Comme d'habitude, Stanimal, assis à son bureau, se balançait au son de ses écouteurs, sans doute en écoutant un truc qu'il avait enregistré la veille sur son clavier ou sa basse.

Et les élèves en profitaient pour se balader dans la classe en pratiquant ce que Stan appelait des « formes d'expérimentation libre » des instruments. Ce qui, pour à peu près la moitié d'entre eux, consistait à rester assis en bavardant.

Pour moi, me retrouver au beau milieu de tout ce chahut, c'était comme retourner sur les lieux du crime. Ils étaient tous là, tout ceux qui seraient les premiers à tomber dans l'Ordonnateur : Nev Everly, Dana Mosley, Jake Harrison, Doug Melman, Davina Tyler, Stanimal... Chacun à la place précise où il se trouvait quand la catastrophe est arrivée. Ou plutôt *allait* arriver – d'une minute à l'autre.

J'ai jeté un œil à l'horloge. 11 h 05.

Je sentais les aspérités de la chips dans ma main.

Il fallait que je fasse quelque chose. Mais je n'arrivais pas à réfléchir.

Je me suis rendu compte que j'étais en train de prier en silence.

Je ne connaissais que des prières en roumain – la religion, dans la famille, c'était plutôt le truc de maman. Je ne comprenais pas la moitié des mots, mais je les prononçais quand même. J'avais le sentiment que ça pouvait m'être utile.

Quand je suis passé devant Nev, elle a tapoté sur le bureau vide à côté d'elle.

Je m'y suis assis.

– Tu t'es fait choper ?

– Pardon ?

– On t'a convoqué au bureau, non ? Il devait bien y avoir une raison...

– Non.

– Ça va, Happy ? Tu m'as l'air un peu sonné.

J'ai hoché la tête.

– Je peux te demander quelque chose, Happy ? Je ne voudrais pas être casse-pied, mais y a un truc qu'il faut que tu saches. Je ne peux vraiment pas garder ça pour moi.

– Je t'écoute.

– Ça, m'a-t-elle dit en montrant mon visage du doigt. C'est la taille de barbe idéale. Sauf qu'il y a des poils qui ont l'air de pousser plus vite que d'autres. Coupe-les, et ce sera parfait.

J'ai détourné les yeux.

– Désolée. C'était casse-pied ?

– Non, t'inquiète. Il se trouve que tu es la première personne à dire du bien de ma barbe. Il fallait bien que ça arrive avant la fin du monde.

Elle a rigolé. Et l'entendre rire dans un moment pareil m'a fait sourire malgré moi.

J'ai eu une idée.

– Tu es bonne en énigmes, Nev. Tu as résolu celle sur l'île de Pâques en deux secondes.

– Ce n'était pas très compliqué, faut dire...

– Tu pourrais m'aider à en résoudre une autre.

– D'accord, m'a-t-elle répondu avec un petit sourire. Mais à une condition...

Elle a sorti une paire de petits ciseaux de son sac.

– Tu me laisses te tailler quelques poils de barbe...

– Si tu veux. Tu peux tailler et réfléchir en même temps ?

– Bien sûr !

J'ai entendu le cliquetis des ciseaux autour de mon visage.

– Voici l'indice : cette chips. Ça veut dire quelque chose. Ce n'est pas une simple chips. Pareil pour l'œuf et la pièce.

Elle s'est interrompue un instant pour jeter un œil à la chips.

– Celle-là, elle est encore plus facile, m'a-t-elle dit en se remettant à tailler ma barbe.

– Hein ?! Ça veut dire quoi ?

– Moi. La chips, c'est moi.

– Toi ? Comment ça ?

– Regarde.

Elle m'a pris la chips et l'a retournée de façon que la partie cassée se retrouve dans l'autre sens. Et, tout à coup, j'ai compris.

La chips avait la forme du Nevada.

– Nevada...

Elle a mis la chips devant elle.

– Nevada... Pigé ?

– Oui.

Elle s'est remise au travail.

– Je ne sais pas quel est le but de ta petite chasse au trésor, mais, si cette chips est la question, alors je suis la réponse.

Nevada. Sur le jeton, il y avait écrit *Las Vegas*. Et Las Vegas est dans le Nevada. Est-ce que Squeep ! voulait me dire que l'Ordonnateur se trouvait dans le Nevada ?

Non, il voulait plutôt me dire que...

Nev s'est interrompue pour admirer son œuvre.

– *Magnifico* ! C'est super, Happy, tu ne vas pas en croire tes yeux.

Elle a fouillé dans son sac, d'où elle a sorti un petit miroir en forme de coquillage, qu'elle m'a mis sous le nez.

– Tu vois ? Admire le résultat.

J'ai ouvert de grands yeux.

– Euh... Je ne pensais pas te faire un tel choc, m'a dit Nevada.

– Où est-ce que tu as trouvé ce poudrier ?

– Dans une boutique d'occasions. *Cool*, hein ? Je crois qu'il est en argent. Son seul défaut, c'est que quelqu'un a remplacé le miroir d'origine par un autre trop épais. Donc il ne se ferme pas bien.

Elle l'a fermé pour me montrer. Effectivement, le verre l'empêchait de se refermer complètement.

– Le miroir d'origine est toujours derrière, lui ai-je dit en lui prenant le poudrier des mains.

– Ah bon ? Pourquoi en avoir mis un autre, alors ?

– Pour l'empêcher de se refermer. Et pour t'empêcher de regarder dedans.

– Hein ?

– Quelque chose de très étrange va se passer, Nev. Il faut que je casse ce miroir...

– Qu'est-ce que tu racontes ?

– ... et ensuite je vais disparaître.

– Tu vas *disparaître* ? a répété Nev, incrédule.

– Oui. Sous ton nez.

– Pas question, m'a-t-elle répliqué. Je suis loin d'avoir fini mon travail.

– Et surtout ne crie pas. Il ne faut surtout pas que tu paniques.

– Je suis déjà en train de paniquer, là !

– Tant mieux. Autant que ça t'arrive avant. Parce que, quand j'aurai disparu, il va falloir que tu fasses un truc *très important.*

– Quoi ?

– Refermer le poudrier, sans regarder dedans. Ne regarde SURTOUT pas dedans. Contente-toi de le refermer. Tu pourrais faire ça pour moi ?

– Bien sûr. Mais c'est une blague, hein ?

– Super. Je suis sûr que tu vas y arriver. Parfait. Il faut que j'y aille. Et, s'il te plaît, ne parle de tout ça à personne.

J'ai soulevé le poudrier et je l'ai lancé sur le bureau aussi fort que possible.

En entendant le miroir faire *crac !* Nev a sursauté, les yeux écarquillés par la peur.

Deux élèves occupés à bavarder plutôt qu'à jouer d'un instrument se sont retournés vers nous.

Comme je ne voulais pas qu'ils me voient disparaître, j'ai attendu qu'ils détournent les yeux.

J'ai ramassé le poudrier sur le bureau. Nev a posé sa main sur la mienne.

– Ce n'était pas une blague ? Tu vas vraiment disparaître ?

– Oui, tout de suite.

– Combien de temps ? Une heure ? Une journée ? Une semaine ?

– Je ne sais pas.

– Mais pas pour toujours, hein ? Tu reviendras, promis ?

– Je ne sais pas.

Elle m'a serré la main un peu plus fort.

– Jure-moi que tu vas revenir ou je ne te laisse pas partir.

– Je te jure que je vais revenir.

– OK, m'a-t-elle dit en me lâchant la main. Maintenant, disparais. Ou alors je vais me sentir vraiment très bête !

– Ne t'inquiète pas...

Je lui ai souri en plaçant le poudrier devant mes yeux.

J'ai ressenti ce bizarre sentiment de glissement.

Je me suis retrouvé pile à l'endroit où Squeep ! m'avait emmené ; dans la même pénombre zébrée d'éclairs, sur le même tas d'objets.

La seule différence, c'était que, cette fois, je savais quoi faire.

En me retournant, j'ai vu le portail en forme de coquillage se refermer comme un œil et disparaître.

J'ai pensé : « Merci, Nev » et je me suis dirigé vers le monstre de cristal, les mains en l'air.

Avant même d'être repéré par son faisceau de lumière, j'ai commencé à crier :

– Je me rends.

Je l'ai répété plusieurs fois :

– Je suis Happy Conklin, et je me rends !

TROISIÈME PARTIE

CAPTIF

24

L'Ouroboros

Mes yeux étaient rivés sur les bras de la créature – d'énormes tessons en cristal terminés par des piques redoutables, qui s'étaient montrés capables de percer l'Ordonnateur et d'engloutir la Terre. Je continuais à hurler :

– Je me rends !

La tête de chouette a dirigé son faisceau lumineux sur moi.

– Je me livre, ai-je répété en clignant les yeux. Je ne résisterai pas, mais laissez la Terre tranquille !

D'autres faisceaux se rapprochaient de moi. Ils provenaient de deux créatures volantes – des chouettes cyclopéennes, semblables à la tête du géant de cristal.

Les ronds de lumière balayaient le sol jonché d'objets. Le plus proche est passé sur une ombre à une dizaine de mètres de moi.

Alice.

Ma sœur, cachée derrière une pile d'objets, me regardait avec terreur. Elle serrait Squeep ! contre elle. C'est lui qui avait dû l'amener ici.

Le monstre ne l'avait pas remarquée, ou alors ne s'intéressait pas à elle.

J'ai posé un doigt sur mes lèvres pour lui dire *chut*.

Elle a hoché la tête.

Squeep ! me regardait.

« Qu'est-ce que c'est que ça ? »

Il avait un kazoo vert entre les pattes.

« Qu'est-ce que ça veut dire ? »

Mes pensées ont été interrompues par un gros *chink !*.

En levant les yeux, j'ai vu les deux créatures volantes retirer un cylindre transparent de la poitrine du géant de cristal, puis le descendre dans ma direction.

La cage de verre s'est refermée sur moi. Je me suis retrouvé enfermé dedans, comme une mouche dans un bocal.

Quand les chouettes m'ont soulevé dans les airs, mon visage s'est écrasé contre la paroi en verre tout en bas de la cage. Alice me fixait des yeux.

Alors que je montais dans le ciel, Squeep ! a brandi le kazoo.

« Qu'est-ce que ce kazoo veut dire ? »

Les drones ont glissé le tube dans son logement d'origine à l'intérieur de l'énorme thorax en verre, et je me suis retrouvé enfermé dans une prison cristalline.

Quand le colosse s'est mis en marche, le sol de ma cage a tremblé sous mes pieds. Le monstre avançait à pas lourds vers le portail donnant sur le monde bleuté.

La bonne nouvelle ? Le géant repartait d'où il venait sans avoir détruit la Terre. La mauvaise ? Il repartait avec moi.

Le colosse a grimpé dans le cercle et quitté l'Ordonnateur pour l'univers bleuté de l'autre côté.

En traversant, j'ai vu que le revers du portail circulaire était constitué d'un énorme anneau en argent incurvé recouvert de motifs d'écailles reptiliennes. Tout ça me rappelait quelque chose...

La bague de Grand-Mère.

Le portail ressemblait à un immense serpent circulaire se mordant la queue. L'Ouroboros... Mais avec une tête de lézard, pas de serpent. Une tête qui ressemblait un peu à celle de Squeep !.

Et il était vivant ! Un Ourobouros vivant, de la taille d'un train de marchandises.

Quand il a ouvert ses énormes mâchoires pour libérer sa queue, le portail de l'Ordonnateur a disparu.

Une fois complètement déroulé, l'Orobouros s'est envolé. Six pattes, deux iris noirs et un long corps souple recouvert d'une cotte de mailles d'écailles argentées.

Il m'observait de ses yeux semblables à ceux de Squeep ! tandis que son corps voltigeait autour de nous tel un cerf-volant.

Entre-temps, les deux chouettes se sont détachées pour abaisser ma cellule en verre jusqu'à une barge de transport flottant un peu plus bas.

De monstrueuses créatures de la taille d'un homme ont fixé ma cellule à la plateforme.

Mes geôliers étaient si hideux que j'osais à peine les regarder.

Le pire d'entre eux portait une cape. Son visage ressemblait à un insecte géant.

En le voyant, j'ai posé une main sur ma poitrine, de peur d'avoir une crise cardiaque. Et, là, j'ai senti quelque chose dans la poche de mon T-shirt : un papier plié que je n'avais pas remarqué jusque-là.

Avant même de l'ouvrir, j'ai compris que c'était un message de Kayla. Elle avait dû le glisser dans ma poche sans que je m'en rende compte.

25

Le message de Kayla

Cher Happy

Si tu lis ce message, ça veut dire que, grâce à toi, le trou noir ne nous a pas tous tués. Merci ! C'était le seul moyen. Mais, si je te l'avais dit, je t'aurais forcé à agir.

Or je voulais que ce soit ta décision.

Je savais que, si je te laissais te débrouiller seul, tu ferais ce qu'il fallait.

Et il n'y avait PAS d'autre solution… Si j'avais pu prendre ta place, je l'aurais fait sans hésiter.

Je planche déjà sur un moyen de te ramener à la maison.

Ça ne va pas être facile. Il va nous falloir l'aide d'Alice. C'est pour ça que je l'ai laissée retourner dans l'Ordonnateur.

Pour qu'elle voie de ses propres yeux ce que tu vas faire (en tout cas, je l'espère !). Sinon, dans son état mental actuel, elle n'aurait jamais cru que tu puisses te sacrifier pour sauver la planète – et son précieux placard.

On peut la considérer comme une alliée désormais. Et on va avoir besoin d'elle et des pouvoirs de l'Ordonnateur pour te ramener.

Essaye de tenir bon en attendant que je trouve le moyen de te tirer de là.

Ta sœur chérie,

Kayla

P.-S. : Désolée si ça ne ressemble pas à mes messages habituels.

J'aimerais voir dans l'Ordonnateur, mais c'est impossible. Je ne sais pas ce qui t'arrive, ni ce qui va t'arriver.

Ce n'était pas un de ses messages habituels, en effet. J'avais remarqué.

Normalement, les messages de Kayla étaient barbouillés de marques d'effaceur, parce qu'elle était capable de voir la tête de la personne qui lisait ce qu'elle avait écrit. Si bien qu'elle avait tendance à tout réécrire en fonction de ces réactions. Et, si tu te posais une question à voix haute en lisant un de ses messages, tu avais de bonnes chances de découvrir la réponse à la ligne suivante.

Sauf que, là, elle ne pouvait pas voir dans l'Ordonnateur, et elle ne savait donc pas où j'étais.

Avait-elle l'intention de pénétrer dans l'Ordonnateur avec l'aide d'Alice, pour venir à ma rescousse ?

Papa avait paniqué la dernière fois que Kayla y avait mis le pied. Il était persuadé que mélanger les pouvoirs de Kayla avec ceux de l'Ordonnateur, c'était la catastrophe assurée.

En même temps, il était également persuadé qu'une créature vivante ne pouvait pas être un portail. Et j'avais sous les yeux la preuve qu'il s'était trompé : l'Ouroboros géant, qui me fixait de ses grands yeux squeepiens, alors que son immense corps volait adroitement entre les immeubles de cette gigantesque mégapole extraterrestre.

26

La planète impériale

Enfermé dans ma prison de verre, je survolais une planète à la fois magnifique et terrifiante – surtout terrifiante, à vrai dire.

Le dernier monde extraterrestre que j'avais visité était un cauchemar recouvert d'un manteau d'obscurité sans fin. Celui-ci, en tout cas à première vue, était un rêve d'une somptueuse brillance.

Un ciel immense, plus bleu et plus clair que le nôtre.

La navette dérivait comme un insecte dans une forêt de bâtiments étincelants. Sculptés dans une matière semblable à du diamant, ils étaient tous plus hauts que le plus haut de nos immeubles. Des jardins verticaux y poussaient comme de la mousse sur un tronc d'arbre.

Au début, je n'osais pas regarder en bas.

Quand j'ai trouvé le courage d'affronter le vertige, j'ai vu que les pieds des immeubles étaient noyés dans la brume. Le sol restait invisible.

Ma prison cylindrique était installée sur une navette tout en longueur, gardée par une escouade militaire. J'évitais de regarder les visages hideux de mes geôliers. À la place, je me concentrais sur le paysage.

Nous avons croisé des fontaines plus hautes que des gratte-ciel, des jardins sphériques flottants et de larges promenades où les piétons se bousculaient.

Ça aurait pu être la plus belle expérience de ma vie... s'il n'y avait pas eu cette foule de monstres réclamant ma mort.

Chaque visage de la multitude criait sa haine et réclamait ma mise à mort.

J'essayais de me dire que je ne connaissais pas cette culture, et que j'interprétais peut-être mal leurs expressions et leurs gestes. Après tout, c'était peut-être leur façon de me souhaiter la bienvenue...

Mais, pour que leurs intentions soient bien claires, certains brandissaient des bannières colorées sur lesquelles on me décapitait et on m'arrachait les tripes. D'autres agitaient des effigies géantes à mon image, qu'ils enflammaient ou tabassaient à coups de bâtons.

Le spectacle avait beau être répugnant, je devais bien admettre que ces créatures étaient des artistes talentueux. Des œuvres picturales de qualité peuvent faire une forte impression sur vous, même si vous n'êtes pas nécessairement d'accord avec ce qu'elles expriment. Et ces gens étaient incontestablement extrêmement doués. Disney aurait signé avec n'importe lequel d'entre eux les yeux fermés.

Que cette civilisation cosmopolite technologiquement avancée et culturellement sophistiquée veuille ma mort de façon si unanime... J'ai bien failli en faire une crise cardiaque.

Je regardais l'Ouroboros glisser entre les immeubles comme une anguille. Son regard était la seule bouée de sympathie dans cet océan de haine.

« Tu connais Squeep !? » me suis-je dit en le fixant du regard.

Il s'est rapproché de moi.

J'avais parfois l'impression que Squeep ! pouvait lire dans mes pensées. Alors pourquoi pas l'Ouroboros ?

« Salut, toi, ai-je continué dans ma tête, comme s'il m'entendait. Je suis très copain avec un reptile. Un lézard terrestre qui s'appelle Squeep !. Tu le connais ?... Il est capable de faire la même chose que toi : se transformer en portail en se mordant la queue... C'est toi qui lui as appris ? »

Il s'est rapproché de plus en plus de la navette.

« Tu peux m'aider ? S'il te plaît ? Fais-le pour Squeep ! C'est mon meilleur ami... »

L'Ouroboros a soulevé son énorme patte avant.

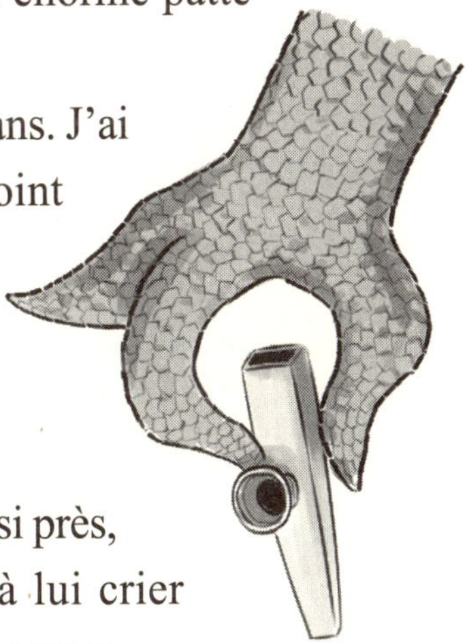

Il y avait quelque chose dedans. J'ai plissé les yeux pour voir le point minuscule. Un kazoo ! Vert, comme celui que Squeep ! m'avait montré, mais en beaucoup plus gros.

Furieux que la créature vole si près, mes geôliers ont commencé à lui crier dessus en la menaçant de leurs armes.

L'Ouroboros a fait demi-tour, comme une corde sur une poulie. Il a zigzagué au loin, avant de disparaître dans la clarté bleutée.

Maintenant c'était sur moi que les geôliers criaient.

Je ne comprenais rien à leurs aboiements barbares, mais c'était des menaces, aucun doute.

J'ai essayé de rendre ces monstres un peu moins effrayants en les affublant de surnoms tirés de mes bonbons préférés.

Celui-là, je l'ai appelé Tagada.

Et lui, Dragibus.

Malheureusement, ça ne marchait pas avec le plus effrayant d'entre eux, celui qui se tenait au sommet de la passerelle et plongeait ses yeux froids au plus profond de mon âme.

Lui, il était si terrifiant que le surnommer Tête brulée, Harimoche ou Guimorve, ça ne faisait qu'empirer les choses !

Et, même si je ne le savais pas encore, j'avais toutes les raisons du monde d'avoir peur de lui.

C'était Star Chamberlain, le Grand Maître Tortionnaire de tout l'Empire. Il contrôlait un vaste réseau d'agents secrets, d'informateurs, de tortionnaires, de prisons, de donjons, de brigands et d'assassins s'étendant sur des centaines de milliers de planètes de l'Empire, tel un système nerveux de peur et de douleur.

Heureusement pour mon cœur battant à cent à l'heure, je ne le savais pas encore. Tout comme j'ignorais que le bâtiment noir en forme de château fort qui était en train d'engloutir notre navette était son quartier général, le ministère de l'Accord.

Une fois la navette arrimée, la trappe de ma cellule de verre s'est ouverte avec un *pop*. À mon grand soulagement, je pouvais toujours respirer.

Tagada et Dragibus m'ont sorti de mon siège, m'ont passé les menottes, mis des chaînes aux pieds, puis ont attaché les chaînes aux menottes.

Ils ont confisqué mon sac et tout ce qu'il y avait dans mes poches, y compris le message de Kayla – qu'il aurait peut-être mieux valu que j'avale, d'ailleurs.

Ensuite, ils m'ont escorté le long d'un immense couloir blanc.

Après plusieurs minutes de marche, Dragibus a appuyé sur le mur de sa main griffue. Une porte invisible s'est ouverte en faisant *wooouch*. Elle conduisait à une grande salle blanche.

Un être très grand – le plus grand que j'aie croisé depuis le gigantesque monstre de cristal qui m'avait conduit hors de l'Ordonnateur – m'y attendait.

Mais lui, je l'ai reconnu.

Ça faisait du bien de voir un visage familier. Même le sien.

– Gubbins ! me suis-je écrié.

– *Ack.* Bonjour, Happy Conklin, m'a répondu Ack Gubbins.

27

Le protocole

Le *wooouch* s'est arrêté, et la porte a disparu – si bien fondue dans la blancheur du mur que je n'aurais pas su dire où elle se trouvait si Tagada n'avait été posté devant.

Dragibus m'a retiré les chaînes et les menottes. Je me suis dit que c'était sûrement l'homme aux clés, le responsable des prisonniers, alors que Tagada devait être le gros bras chargé de les faire rester dans le rang.

Ack avait beau sourire, je voyais bien qu'il était mal à l'aise.

Comme tous les membres de son espèce, sa peau changeait de couleur en fonction de ses sentiments

– c'est d'ailleurs pour ça que les Gubbins étaient les plus mauvais menteurs de l'univers. De l'époque où j'avais été transformé en Gubbins, je me souvenais que le gris était la couleur de la peur – et plus le gris était pâle, plus la terreur était grande.

Or Ack Gubbins était aussi blanc que la pièce.

– Alors, Ack, comment ça va ?

– *Ack*, m'a-t-il répondu.

– *Ack* aussi, mon pote.

– *Ack*, Happy Conklin, *ack*, je suis ici pour vous enseigner, *ack*, le Protocole Impérial, *ack*. Je vous prie de m'écouter, *ack*, attentivement, *ack*, et...

Même s'il faisait de son mieux pour prononcer péniblement les mots humains, j'avais quand même du mal à le comprendre.

Je lui ai montré mon oreille.

– Je ne comprends pas tout, lui ai-je fait remarquer. Et je ne parle pas le Gubbinsglopf. Tu ne pourrais pas faire la même chose que la dernière fois ? Imiter ma façon de parler à l'aide des Lunettes Parfaites ?

Ack m'a fermé la bouche de sa patte droite.

– *Ack*, ne parlez pas d'objets défendus ! s'est-il écrié. *Ack. Ack*, *ack*, les produits Conklin ont été interdits dans tout l'univers. *Ack*, même en parler, *ack*, est passible de mort.

J'ai suivi son regard jusqu'à Tagada, qui avait posé ses griffes sur l'arme à sa ceinture.

– Ne pas mentionner ces produits..., ai-je dit. D'accord, pigé.

– *Ack*, bien. Maintenant, *ack*, il vous faut apprendre le Protocole, *ack*, Impérial.

– Pas question ! ai-je protesté. Je n'apprendrai pas le Protocole machin-chosack tant qu'on ne m'aura pas expliqué ce qui se passe. Qu'est-ce que je fais ici ? Pourquoi m'a-t-on arrêté ? Sous quelles accusations ? Qui est mon avocat ? Et j'espère bien que ce n'est pas toi !

Ack avait tellement la trouille que des taches transparentes sont apparues sur sa peau, révélant des parties de son anatomie que j'aurais préféré ne jamais apercevoir.

– Beurk ! me suis-je écrié.

– *Ack*, Happy Conklin, *ack*, vous serez bientôt en présence, *ack*, de l'Empereur. Toute erreur dans le, *ack*, Protocole Impérial est, *ack*, interdite. Sinon... *ACK* !

Ack a fait mine de se trancher le cou.

– On me coupera la tête ? ai-je demandé.

– Non, *ack*. La MIENNE.

– Quoi ?! Tu veux dire que, si je ne fais pas bien ma petite révérence à l'Empereur, c'est *toi* qui auras la tête tranchée ?

– *Ack*, oui. Et surtout, *ack*, pitié, pitié, pitié, *ack*, pas de révérence, Happy Conklin.

– Pas étonnant que tu sois si pâle. Bon, très bien. C'est quoi, ce protocole débile ?

Ack a poussé un soupir de soulagement qui l'a fait passer de la blancheur translucide au gris pâle.

J'ai passé les heures suivantes à mémoriser les moindres règles, sons, faits et gestes qu'Ack jugeait indispensable de m'enseigner pour rester en vie.

Le plus dur à acquérir était la Sublime Génuflexion, un geste que chacun devait exécuter chaque fois que l'Empereur ou un membre de sa famille pénétrait dans la pièce. On commençait par tomber à genoux, puis face contre terre, et ensuite il fallait pousser un cri mi-gargarisme mi-youyou et continuer jusqu'à ce que Sa Majesté daigne émettre un grognement.

Ma première tentative fut si terrible qu'Ack a illico viré au transparent.

Mais, à force de répéter, sa peau a retrouvé son opacité et même un peu de couleur.

Quand j'ai vu des taches orange apparaître sur son ventre, j'ai su que j'avais compris le truc.

Une fois qu'il a acquis la certitude que je maîtrisais la Sublime Génuflexion, il est passé aux règles suivantes.

J'ai compris qu'il ne fallait jamais regarder l'Empereur ou un membre de sa famille dans les yeux. Ni faire le moindre pas dans sa direction, sauf s'il t'y invitait par un grognement et un signe de la main spécifiques. Et dans ce cas-là il fallait baisser les yeux et effectuer une Sublime Génuflexion entre *chaque pas*.

« Entre chaque pas ?! me suis-je dit. Comment ces grands malades ont réussi à bâtir un empire pareil ? »

Dragibus est revenu avec les menottes et les chaînes.

Alors que j'étais en train de disparaître derrière un tas de cadenas, j'ai pensé à Squeep !. Je me suis demandé ce qu'il aurait voulu que je fasse dans un moment pareil.

– *Ack*, pitié, Happy Conklin ! a pleurniché Ack pendant qu'on m'escortait à l'extérieur. Pitié, *ack*, souvenez-vous bien de tout, *ack*...

– Je ferai de mon mieux, ai-je promis alors que la porte se refermait derrière moi.

28

Le procès

Ils m'ont escorté le long d'un couloir blanc, qui, je m'en rendais compte maintenant, était composé de cellules opaques identiques à celle d'où on m'avait tiré.

Nous nous sommes arrêtés sur le seuil d'une pièce d'un autre genre, où étaient entassées toutes sortes de créatures richement vêtues, et à l'air très important.

Une sorte de cour mi-royale, mi-judiciaire.

Tout au fond à droite, un trône vide orné des emblèmes de l'empire était dressé sur un autel surélevé. À gauche, un juge insectoïde aux yeux de mouche présidait la salle d'audience depuis son bureau.

À première vue, le public réuni dans les galeries m'a semblé plutôt du genre raffiné et aristocratique. Et pourtant, à l'instant où je suis entré, il s'est comporté avec aussi peu de discipline et de retenue que la foule dehors.

Les spectateurs se sont mis à huer, hurler, taper du pied sur le plancher, taper du poing sur les tables, tandis que mes gardiens se frayaient un passage jusqu'au juge aux yeux de mouche, qui a aboyé sur la foule, sans doute pour ramener un semblant d'ordre.

Tagada m'a conduit dans le box des accusés, en bas à droite du juge.

Sans me détacher, mon gardien s'est placé devant moi, la main posée sur la crosse de l'arme à sa ceinture.

Alors que je me demandais si j'allais réussir à faire une Sublime Génuflexion ainsi enchaîné et menotté, une sorte de clairon a retenti. Toutes les personnes présentes dans la salle sont immédiatement tombées à genoux, puis face contre terre.

Moi aussi, j'ai fait de mon mieux, malgré mes fers. Mais j'ai compensé la maladresse de ma Sublime Génuflexion par un gargouillis-youyou bien senti – en tout cas pas plus mauvais qu'un autre.

Après une minute épuisante, l'Empereur a poussé un grognement, et chacun s'est remis sur ses pieds – ou sur les appendices qui lui faisaient office de pieds.

Même si j'évitais soigneusement de le regarder, je n'ai pas pu m'empêcher d'inspecter l'Empereur du coin de l'œil.

Il était étonnamment petit – à peine plus grand que moi.

Sa tête occupait bien 50 % de son corps, et son nez, 40 % de sa tête. À la différence des statues de ses ancêtres sur l'île de Pâques, il était orange.

Après les remarques préliminaires du juge aux yeux de mouche, une créature longiligne s'est levée. Elle ressemblait à un bâton costumé sur pattes.

Après s'être incliné en direction du trône, Bâton sur Pattes s'est mis à arpenter la salle en déclamant.

Même si ce qu'il disait m'échappait, j'ai tout de suite compris que Bâton sur Pattes était du genre procureur : un politicien brillant, aux gestes très expressifs avec un sens consommé de la persuasion.

Bâton sur Pattes a attiré l'attention du public sur le globe holographique en train de se former au milieu de la salle alors que les lumières s'éteignaient.

Ces images devaient provenir d'une caméra fixée aux chouettes cyclopéennes venues me chercher dans l'Ordonnateur, puisqu'on m'y voyait courir sur la pile d'objets en criant : « Je me rends ! Je me rends ! »

« Tant mieux », me suis-je dit. Ces preuves de ma volonté de coopérer devraient inciter la cour à faire preuve de clémence.

Sauf qu'elles ont été immédiatement suivies d'une autre image : celle du combat de *Gare à la Bagarre*, où Grand-Mère et moi avions vaincu Florida Pete. Bâton sur Pattes vociférait en commentant un gros plan où je tapais dans la main de Grand-Mère.

Je me suis rendu compte qu'il était en train d'expliquer le concept de tag team[1] à la cour. J'avais envie de crier : « Ce n'est qu'un combat de catch ! Juste un jeu ! Ce n'est pas pour ça qu'on est complices dans la vraie vie ! »

Heureusement pour Ack Gubbins, je me suis retenu.

Le globe diffusait maintenant des images haute définition d'un évènement organisé sur la Planète Impériale.

Une foule de spectateurs entassés sur des boulevards flottants assistaient à un défilé en l'honneur de l'Empereur. La caméra se promenait au milieu d'incroyables pontons volants, de fanfares, de danseuses, d'acrobates – bref, le grand jeu.

1. Au cas où tu n'aurais pas lu *Comment vendre sa famille aux extraterrestres*, le tag team est une forme de catch en équipe où chaque partenaire peut prendre à tout moment la place de l'autre en lui tapant dans la main.

L'Empereur et l'Impératrice assistaient au spectacle perchés en haut d'une butte colorée. Quand la caméra s'est rapprochée, j'ai vu qu'il s'agissait d'une sorte de pyramide, avec des escaliers recouverts de tapis.

L'Empereur et son épouse, assis sur des trônes en cristal, étaient entourés de magnifiques serviteurs extraterrestres, visiblement là pour répondre à leurs moindres désirs.

Un sourire très digne sur les lèvres, le couple royal contemplait les festivités qui se déployaient tout en bas.

Soudain, un éclair s'est abattu sur le tapis à quelques mètres d'eux. Le couple impérial a écarquillé les yeux.

À première vue, on aurait pu croire à un tour de magie faisant partie du spectacle, puisqu'une silhouette a émergé du rond noirâtre qu'avait laissé l'éclair.

Mais la créature ne faisait pas partie du spectacle.

C'était Grand-Mère.

Et elle s'est ruée sur l'Empereur.

Vêtue de sa combinaison à paillettes de danseuse de flamenco, à visage découvert, elle a éjecté l'Empereur de son trône.

Elle l'a soulevé au-dessus de sa tête et balancé sur le tapis.

Elle a sauté en l'air et s'est laissée retomber en enfonçant son coude dans l'estomac de Sa Majesté.

La foule a poussé un énorme cri de surprise.

Alors que je me demandais où étaient passés les gardes du corps, la caméra les a montrés en train de grimper quatre à quatre les escaliers de la ziggourat.

Retour sur Grand-Mère, cette fois en train de gifler le pauvre nez ballottant de l'Empereur. Les jolis serviteurs n'étaient d'aucune utilité. Ils étaient trop occupés à faire des youyous face contre terre.

C'est alors que l'Impératrice est intervenue : elle a sauté de son trône en brandissant son gobelet en cristal.

Grand-Mère l'a attrapée par le bras et un pan de sa robe, et l'a fait tournoyer au-dessus de sa tête – comme un enfant à qui on fait faire l'avion.

Puis elle l'a envoyée sur le tapis du sommet, d'où l'Impératrice a rebondi et a dégringolé les marches.

L'Empereur a foncé sur Grand-Mère...

Qui l'a stoppé en posant une simple main sur son front.

Alors que Sa Majesté remuait les bras dans le vide, Grand-Mère a tiré sur sa somptueuse tunique.

Le souverain de l'univers s'est retrouvé à moitié nu. Il ne lui restait que son caleçon à froufrous... que Grand-Mère s'est empressée de lui descendre jusqu'aux chevilles.

L'Empereur a poussé un cri, en essayant de cacher sa nudité (je ne savais pas si les images avaient été censurées ou si les parties intimes de l'Empereur ressemblaient effectivement à de petits carrés tout flous).

Quand il s'est baissé pour remonter son caleçon, Grand-Mère lui a mis un coup de pied aux fesses.

Il a fait un bond en avant, s'est pris les fesses à deux mains et s'est mis à pleurnicher.

Il s'est de nouveau baissé pour remonter son caleçon, et Grand-Mère lui a de nouveau mis un coup de pied au derrière.

L'action s'est répétée tellement de fois qu'on aurait pu croire qu'il s'agissait du même plan diffusé en boucle. Sauf que chaque fois il y avait de petites variations : dans la manière dont l'Empereur se baissait pour remonter son caleçon, dans la manière dont Grand-Mère lui mettait un coup de pied aux fesses...

La Garde Impériale est enfin arrivée en haut des escaliers.

En voyant les soldats, Grand-Mère a poussé l'Empereur par terre, tout en effectuant un geste vertical de la main.

Un éclair s'est abattu sur le tapis, en sens inverse du précédent, et Grand-Mère a disparu dans le ciel.

Alors que l'hologramme s'éteignait petit à petit et que les lumières revenaient, la salle d'audience s'est remplie de lamentations et de cris d'indignation.

Certains se martelaient la tête de coups de poing. D'autres déchiraient leurs vêtements en se versant de la cendre sur le visage. On se serait cru dans ma Bible roumaine !

J'ai senti que moi aussi, il fallait que je montre des signes de désaccord avec les images que je venais de voir. Mais tout ce que j'ai réussi à faire, c'est secouer la tête en fronçant les sourcils.

Ce qui a eu pour seul effet de rappeler à chacun ma présence.

Les gens se sont remis à me huer et à me siffler, sans prêter attention aux appels au calme du juge.

Quelque chose de visqueux m'a atterri sur la tête, une sorte d'éclaboussure aromatisée. J'ai croisé les doigts pour que ce soit un repas pas encore consommé.

Quelque chose de plus dur m'a tapé l'épaule.

Le juge aboyait des ordres aux gardiens, qui m'ont tiré du banc des accusés et évacué sous les hurlements.

J'ai fermé les yeux au moment où je me suis retrouvé enseveli sous une pile d'objets non identifiés.

Quand j'ai enfin osé les rouvrir, j'étais dans le long couloir blanc.

Wooouch, la porte de ma cellule s'est ouverte, et les gardiens m'ont poussé dedans sans ménagement.

29

La chambre sanglante

– Oh, *ack*, merci, Happy Conklin, m'a dit Ack, en orangissant de joie. Vous avez parfaitement suivi le protocole. *Ack*. C'était parfait, *ack*. Vraiment parfait.

– Tu as sauvé ta tête, oui, mais j'aimerais en dire autant de la mienne. Ils ont l'air de vraiment m'en vouloir. Je doute que le verdict soit en ma faveur.

– Le verdict ? s'est étonné Ack. Il a été rendu depuis bien longtemps. Vous avez été jugé par contumace, *ack*, et reconnu coupable de haute trahison à l'encontre de l'Empire Gal,*ack*,tique. Le verdict d'aujourd'hui, *ack*, était une simple form-*ack*-lité.

– Je suis déjà coupable ? Et quelle est la sentence pour mon crime ?

– La mort, *ack*, de la façon la plus douloureuse possible. Bien sûr, *ack*, vous serez d'abord interrogé, *ack*, c'est-à-dire torturé, puis, *ack*, puis exposé à la vindicte populaire.

– Oh, *Doamne*[1].

Je priais silencieusement en roumain.

– Torturé ?! Mais pour quoi faire ? Je ne sais rien ! Je suis un imbécile. Je n'avais pas la moindre idée de ce qu'elle comptait faire !

– Quand bien même, m'a répondu Ack. Comment savoir quelle est la manière la plus douloureuse de vous mettre à mort, *ack*, sans explorer les différentes possibilités ? C'est la loi-*ack*.

– Oh, *Doamne*.

– Vous serez bientôt conduit dans la Chambre Sanglante. *Ack*. Merci encore d'avoir suivi le protocole. *Ack*.

1. *Doamne* veut dire « Seigneur » en roumain.

Mes jambes tremblaient tellement que je me suis écroulé contre le mur blanc.

Plus question de parler avec Ack Gubbins.

Plus question de rien, à part prier en roumain.

Un instant plus tard, Tagada et Dragibus sont venus me chercher.

Cette fois, nous sommes partis dans la direction opposée.

Je n'arrêtais pas de répéter : « Oh, *Doamne.* »

Contre toute attente, la Chambre Sanglante n'était pas rouge.

Elle était noire de suie, en forme de pyramide creuse.

Elle semblait conçue pour irradier de l'énergie maléfique, et assez vaste pour accueillir des victimes bien plus imposantes que moi.

Alors qu'on m'attachait à une table, je me suis rendu compte que les murs boueux étaient bel et bien couverts de sang... du sang séché de dieu sait quelles créatures, ainsi torturées depuis dieu sait combien d'années.

C'est alors que j'ai remarqué les instruments rouillés pendus aux quatre coins de la pièce. D'innombrables et innommables pics, pointes et pieux. En parcourant des yeux ces rangées d'instruments de torture, j'ai soudain laissé échapper un cri.

Il était là, caché dans la pénombre depuis la seconde où j'avais pénétré dans la pièce.

Star Chamberlain, le Grand Maître Tortionnaire.

D'un mouvement de la main, il a ordonné aux gardiens de sortir. Ils se sont exécutés et ont fermé la porte derrière eux, laissant la pièce plongée dans le noir total.

Un rond de lumière vive est apparu au-dessus de ma tête.

Le visage du Tortionnaire, flottant dans l'obscurité.

Star Chamberlain a déroulé une trousse posée sur un banc, où étaient rangés des outils métalliques, beaucoup plus petits que ceux pendus au mur.

On aurait dit des instruments de dentiste.

Il a laissé traîner ses longs doigts dessus.

Il en a choisi un – vert, de forme bizarre, équipé de deux cercles transparents, qu'il a placés devant ses yeux, comme une paire de lunettes.

Quand j'ai entendu le clic de l'interrupteur, je les ai reconnues.

Les Lunettes Parfaites.

Le crâne déformé s'est transformé en deux chignons de cheveux blancs.

L'abominable mâchoire a pris la forme d'une rangée de dents humaines soigneusement alignées.

Elle était là, penchée au-dessus de moi.

– Grand-Mère ?

– Bonjour, Happy Junior. Bienvenue dans ton nouveau royaume.

J'en avais le souffle coupé.

– Content de me voir ?... Tu devrais. Désolée que ce soit dans cette pièce infecte, mais pour l'instant c'est le seul endroit où on peut avoir un peu d'intimité.

– Qu'avez-vous fait, Grand-Mère ? ai-je dit, en retrouvant mon souffle. Pourquoi vous en prendre à l'Empereur ? Il va nous tuer et détruire la Terre.

– M'en prendre à lui ? a-t-elle souri. Si j'avais voulu m'en prendre à lui, il serait mort et enterré. Je n'ai fait que le démasquer. Il s'accroche au pouvoir en se faisant passer pour un dieu. Maintenant que j'ai révélé au monde quel bouffon il est, son règne commence à vaciller. Et le nôtre va pouvoir commencer.

– Ils vont nous tuer. Et détruire la Terre.

– Grâce à toi, la Terre est sauvée, m'a-t-elle répondu. Pour quelques heures, en tout cas... Mais bravo quand même.

– Vous êtes folle, Grand-Mère ! Vous déguiser ?! Sur cette planète, où tout le monde est à votre recherche ?! Pendant combien de temps croyez-vous pouvoir garder le secret ? Et qu'avez-vous fait du vrai Tortionnaire ?

– Je l'ai tué. Et alors ? Bouhouh, pauvre petit tortionnaire... Nous allons faire de la galaxie un endroit beaucoup plus agréable pour des milliers de millions de milliards de créatures, Happy Junior.

– Pas nous. *Vous*. Vous m'entendez, Grand-Mère ? Ce sera sans moi !

– Oh que si, partenaire...

Elle m'a tapoté dans la main.

– Ce sera avec TOI.